追放された回復魔術師
ディオン
神竜の化身
エルドラ

ユキのパーティ
メンバーたち
幼馴染のSランク冒険者
ユキ

竜と歩む成り上がり冒険者道

～用済みとしてSランクパーティから
追放された回復魔術師、
捨てられた先で
最強の神竜を復活させてしまう～

岸本和葉

ぶんか社

CONTENTS

一章　奈落へ

「消えろ、役立たず」

崖を転がり落ちながら、俺はどこか他人事のように考える。

どうしてこんなことになってしまったのだろう。

俺が仲間だと思っていた彼らは、俺のことを仲間だとは思っていなかったらしい。

「っ……！」

俺はとっさに岩の一部を掴み、これ以上の落下を防いだ。

ガラガラと周囲の岩が落ちていく。

恐る恐る真下に視線を向ければ、そこには深い深い闇が広がっていた。

いったいどれだけの高さがあるのか、見当すらつかない。

「おいおい、惨めだなぁ。ディオン」

崖の上を見れば、そこには三人の人影がある。

聖騎士であるセグリット。

攻撃系魔術師であるシンディ。

そして、賢者であるクリオラ。

俺を崖下へと突き飛ばしたのは、おそらくセグリットだろう。

「どうして……」

「どうして？　お前はおつむまで弱いみたいだな。簡単だよ。クリオラがパーティに加入したからだ」

セグリットが、彼女――クリオラの肩を叩く。

クリオラはつい一週間前ほどに、このSランク冒険者パーティに加入した。

元々は他のパーティで働いていたところを、セグリットとシンディがスカウトしたのだという。

賢者は、高度な魔法を扱うことができる。

火力の面で他の追随を許さない攻撃系魔術師の代わりは務まらないが、少なくとも、回復魔術師である俺の代わりは余裕でこなせるはずだ。

加えて補助も攻撃もできるのだから、俺の上位互換（じょういごかん）と言ってしまっても過言ではない。

「元々、ユキさんの初期パーティメンバーってだけで居座るお前に嫌気がさしてたんだよ。ろくに戦闘にも加われないくせして、守られて、終わった頃に安全なところで回復魔法をかけるだけ。お前を守るために体を張ってケガしたこともあったなぁ。ま、回復役が貴重なことも理解はできるけどさ」

「っ、だったら――」

「だったら！　自分で自分の身も守れる回復役がいればいいだけの話だよなぁ!?　クリオラならすべて補（おぎな）える！　回復の技術はお前に劣らないし、強敵にダメージが入るだけの火力だって持ってる！」

目を見開いて叫ぶセグリットの隣で、クリオラとシンディがくすりと笑ったのが見えた。

悔（くや）しくて、悔しくて悔しくて悔しくて、吐き気がこみ上げてくる。

パーティリーダーであるユキがここにいてくれたら、彼らを止めてくれただろうか。

生憎彼女はダンジョン内の転送トラップを踏んでしまい、どう足掻いてもこの場では合流できないのだけれど。

「ともあれ、お前と僕らはここでお別れだ。せいぜい惨めたらしく死んでくれ」

「ま、待ってくれ！」

「――しつこいな」

そんなセグリットの悪態が聞こえると同時、俺に向かって巨大な火球が飛来する。

岩に掴まっていることしかできなかった俺に、それを避ける手段はない。

直撃するとともに、俺の体は奈落へと落ちていく。

「自分に価値がないことくらい、自分で理解しろ。お前はもう、用済みなんだよ」

意識を失う寸前、そんな言葉が耳に届いた。

「う……」

全身の痛みとともに、俺は目を覚ます。

どうやら落下中に何かに引っかかったようで、何とか命は繋ぎ留めたらしい。

「これは、糸……？」

自分が体重を預けているものは、地面というよりネットのようなものだった。

わずかな粘(ねば)つきと、反発性(はんぱつせい)。

これによって、落下によるダメージはほとんど軽減(けいげん)できたようだ。

この全身の痛みは、おそらく最後に放たれた魔術師のシンディの火球によるものだろう。

「回復させないと――」

俺は自分の体を治すため、魔術を行使(こうし)しようとした。

しかしその前に、視界の端で何かが動く。

俺はとっさにナイフを抜き、構えた。

「やっぱり、蜘蛛か」

暗がりから現れたのは、無数の巨大蜘蛛。

このダンジョン内に巣食う魔物だ。

名称は確か、『奈落蜘蛛』。

崖から落ちた犠牲者をこうして蜘蛛の糸で捕らえ、捕食するのが特徴だったはず。

俺はまんまとやつらの巣へと落ちてしまったようだ。

（まずい……！）

危機察知能力が働くと同時、一斉(いっせい)に蜘蛛たちが距離を詰めてくる。

俺はナイフを持って迎撃しようとするが、火球によるダメージで一瞬怯(ひる)んでしまった。

やつらはそんな獲物の隙を逃してはくれない。

うち一匹が、俺の腕へと噛(か)み付いた。

「くそっ！」

俺はナイフを蜘蛛ではなく、自分の乗っていたネットを切るために振るった。

崖から落ちた時と同じ浮遊感が、再び襲ってくる。

自分に噛み付いたままの蜘蛛と共に、俺の体は今度こそ奈落の底の地面へと落ちていった。

しかし幸いなことに、今度は一人ではない。

「食らえ……！」

地面に衝突する寸前、俺は蜘蛛を下敷きにする形で受け身を取る。

嫌な音が響いた。

それは蜘蛛が潰れる音であり、同時に俺の腕の骨が砕ける音だった。

噛み付いたままの蜘蛛を下敷きにするに当たり、腕まで庇うことはできなかったのだ。

「はぁ……はぁ……回復」

俺は自分の腕にもう片方の手を重ね、魔術の名を口にする。

すると骨折特有の腫れがみるみるうちに引いていき、完治した。

「あとは火傷の方も――っ！」

体の火傷を治そうとした瞬間、俺は急激な吐き気に襲われてその場に崩れ落ちた。

同時に口から溢れ出してきたのは、大量の血液。

（ああ、そうか）

どうやら骨折を治している場合ではなかったらしい。

俺はその場に何度も血液を吐きながら、理解する。

奈落蜘蛛の毒を受けてしまったのだ。

症状からして、出血性の致死毒であることは間違いない。

毒を抜かない限り、間もなく俺は死ぬだろう。

いつもなら、こんな毒の治療だってお手の物だ。

しかし、今は違う。

ここまでのダンジョン攻略で使った魔力、そして今の腕の治療。

残りの魔力からして、使える魔術はどれか一つ。

毒抜きか、火傷の治療か。

(酷い火傷だ……これじゃ長くは生きられない。毒を抜いたとしても、どの道詰みか)

不思議と、気持ちは落ち着いていた。

幼馴染であるユキに故郷から連れ出されて以来、彼女と共にいた時間は楽しかった。

いつの間にか仲間が増えて、俺たちはいずれ冒険者たちの高みにいるものだと思っていた。

(誰も見たことがないものを見てみたい……それがユキの夢だったな)

きっと、ユキは俺がいなくてもその夢を叶えるだろう。

やっぱり俺は役立たずだったのかもしれない。

そう思えば、ここで散ることもそこまで恐ろしくは感じなかった。

「ゲホッ」

ついに、悍ましい量の血液を吐き出してしまう。

苦しさにうめきながら、俺はわずかに顔を上げた。

(何だ……あれ)

霞む視界に映ったのは、美しい金色の何かだった。

輝く体、そして民家を一捻りで壊してしまえそうなほどの巨体。

あの縮こまった羽が目一杯広がれば、いったいどれだけの大きさになってしまうのだろう。

そう、あれは――。

「――ドラゴン」

その名が口から漏れる。

人の立ち入りが不可能と言われる霊峰に住み、滅多に見ることができない最高位の種族。

幻かもしれないと目をこするが、どうやらそこにいることは間違いないようだ。

「ははっ……ユキが見たら喜んだだろうな」

俺はドラゴンの美しさに当てられる形で、ゆっくりと体を引きずりながら近づいていく。

最後に、その神秘的な美しさを目に焼き付けたかった。

近づいてみれば、どうやら眠っているらしい。

それによく見れば、全身に酷い怪我を負っている。

ドラゴンを見たのは初めてだが、おそらくは瀕死の重傷だ。

「――どうせ死ぬなら」

俺はドラゴンに手をかざす。

なぜこんなところにいるのかは知らない。

しかし、俺は回復魔術師だ。

苦しむ誰かを治すために、この魔術を身に付けた。

どうせ死ぬなら、魔術師として死にたい。
せめて、誰かの役に立ちたい。
「……エクストラ、ヒール」
俺の持てる全力の回復魔術を、ドラゴンに向かって放つ。
魔力を限界以上に使ってしまうが、死に行く俺には関係ない。
エクストラヒールは俺の扱える魔術の中でもっとも強い回復力を持っている。
例に漏れず、ドラゴンの傷も何とか治すことができそうだ。
(っ……もう、限界か)
ぐらりと意識が揺れる。
魔力切れの症状と、毒の影響だ。
消える意識の端で、ドラゴンが動くのが見える。
ああ、ちゃんと治せたようだ。
「よか――った」
そう告げると同時、俺の意識は深い深い闇の中へと落ちていく。
もう、何も聞こえることはなかった。

「人間、私はあなたに感謝する」

全てが消えていく世界で、その寸前の寸前まで残っていた触覚が、唇に触れた柔らかい何かの感触だけを伝えてきた。

俺はその感覚を、『死んでも』忘れることはないだろう。

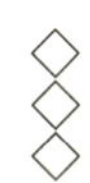

ぽたりと、頬(ほお)に水滴が落ちた気がした。

すべて消え去ったはずの五感が、一つ一つ戻ってくる。

痛みも、苦しさもない。

恐る恐る目を開けば、目の前にはダンジョンの天井が広がっていた。

どういうわけか、生きているらしい。

「――――目、覚めた？」

突然、俺の眼前に女性の顔が現れる。

思わず体が反応するが、筋肉が硬直してしまっているようで起き上がることができなかった。

「しばらくは動けないと思う。まだ馴染んでないから」

「君が……助けてくれたのか？」

「そう。私を助けてくれた。だから、私もあなたを助けた」

そう言いながら、彼女は俺から少し距離を取る。

どこまでも美しい女性だった。

顔にはあどけなさがあるが、肉体美に関してはもはや人間離れしていると言っても過言ではない。

呼吸とともに揺れる大きな胸と、締まった腰つき。

柔らかそうな太ももは一見肉付きがよく見えるが、全体的なバランスだとすらりと伸びているように見える。

ただ、唯一欠点を挙げるとするならば――。

「その……どうして服を着てないんだ？」

「人間はおかしなことを聞く。私に服は必要ない」

「服に必要ないとかそういう要素あるか……？」

俺は彼女から顔をそらし、とりあえず動くことを試みる。

すると痺れのような感覚が走るものの、どうにか体を動かせるようになっていた。

苦労しながら上半身を起こした俺は、自分が元々羽織っていた魔術師用のローブを彼女へと差し出す。

炎の攻撃を受けても燃え尽きない優れものだ。

「その、これを羽織ってくれないか？　目のやり場に困って上手く話せないんだが……」

「気にしなくていいのに。でも、恩人が頼むなら仕方ない」

彼女は渋々といった様子で、俺からローブを受け取る。

これで意識を取られずに済みそうだ。

「助かった。それで――俺が君を助けたっていうのはどういうことだ？」

「ほとんどそのままの意味。傷だらけの私を、あなたは助けてくれた」

「傷だらけって……まさか」

「元の姿になったら、分かる？」

ふわりと、彼女の体が浮かび上がった。

渡したローブが地面へと落ちて、彼女の青い瞳と目が合う。

そして強く光り輝いたかと思えば、徐々にそのシルエットが巨大に膨らみ始めた。

「……マジか」

思わず目を見開いてしまった。

光が散ったとき、そこにいたのは俺が最後に見た黄金のドラゴン。

瀕死のときとは比べ物にならない美しさが、彼女にはあった。

「私の名前は、エルドラ。霊峰に住まいし神竜の一角。これで信じてくれる？」

「あ、ああ……そりゃもちろん」

「人間の体はとても便利。小回りが利いて動きやすい。だから普段はこの姿」

エルドラは再び光に包まれると、自身の肉体を人型に戻す。

黄金の髪に青い眼――確かに雰囲気が同じだ。

しかし、竜が人に化けられるなんて話は聞いたことがない。

ましてや神竜なんて位が存在することも初耳だった。

「……改めて言わせてほしい。私を助けてくれてありがとう」

真剣な顔つきになったエルドラは、俺に向かって頭を下げた。

「いや……こちらこそ、命を救ってもらった。俺はディオン。一応その――冒険者をやってる。それでその、気になってたんだけど」

「なに？」

「どうやって俺を治してくれたんだ？　色々と手遅れだったと思うんだけど」

エルドラは納得したように頷くと、どういうわけだか自分の唇に人差し指を当て、そのまま俺の唇に移動させる。

俺はふわりと思い出す。

意識が落ちる寸前に唇に感じた、柔らかい感触。

この仕草は、つまりそういうことなのではないだろうか。

「……？　伝わらなかった？　ちゅーしたって意味だったんだけど――」

「っ……触れないようにしようと思ったのに」

顔が急激に熱くなる。

生まれてから女性とお付き合いもしたことのない男の身としては、嬉しさと複雑さが入り交じっているというか。

できることならしっかり覚えておきたかったというか。

「照れる必要はない。口から私の血を分けた。ただそれだけ」

「血を……？」

「竜の血には強い力がある。人の体を強く強く作り直してしまうくらいに。だからあなたの体も以前とは別物と言ってもいいくらいに強くなってるはず。だから傷も治ったし、毒も消えた」

「古の秘薬みたいだな」

「そういう伝説もあるみたい」

なるほど、妙に力が漲ると思ったらそういうことだったのか。

あれから少し経ったからか、体に残っていた妙な強張りが消えている。

それと同時に、羽のような軽さを感じるのだ。

今なら壁すらも走れる気がする。

「……どうして」

どうして――君はここにいたんだ？

俺がそう問いかければ、エルドラの表情が少し曇る。

「……竜は千年に一度、神竜の中から種族全体を率いる竜王を決めるの。私もその候補に入っていたんだけど、それをよく思わなかった他の神竜に裏切られてあの傷を負った。何とかこのダンジョンの中まで逃げ込んだのはいいけど、そこで動けなくなっちゃって」

そこまで言葉に出して、エルドラは苦笑を浮かべた。

「あなたが助けてくれなければ、きっと死んでいた。本当にありがとう」

「……っ」

「竜王になんて興味なかったのに……本当は候補からも外してもらおうと思ってたの。不意打ちなんてしなくたって、別に邪魔なんてしなかったのに」

俺は静かに拳を握りしめた。

自分の記憶と重なる部分があったからか、エルドラの表情から読み取れる悲痛な思いが嫌というほど理解できてしまう。

「エルドラ、俺と一緒に行かないか？」

——だからこそ、自然と言葉が漏れていた。

「俺もちょうど仲間と別れたところでさ。このダンジョンから出るにも一人じゃ中々難しいと思っていたところだったんだ。もし行く当てがないなら……」

「行く」

「へ？」

「私、ディオンと一緒に行く」

エルドラは俺に向かって真っ直ぐな視線を向けてくる。

駄目（だめ）で元々で誘ったから、この即答にはさすがに面食らってしまった。

「確かに私はあなたを助けたのかもしれない。でも、私からすれば受けた恩は返しきれてない。だからディオンが今困っているなら、その手助けがしたい」

「……ありがとう」

「あれ、嬉しくない？」

不安そうに顔をのぞき込んでくるエルドラを見て、俺は慌てて自分の頬を両手で叩いた。

セグリットたちから受けた仕打ちの記憶が薄れないうちにこんな温かみに触れてしまえば、涙も出るというもの。

竜とは言え、あまり女性の前で情けない姿は見せたくない。

「いや、少し感極まっただけだ。改めてよろしく、エルドラ」

「うん。今から私とディオンは仲間」

裏切りを知った俺たちは、その苦しみを知っている。

だからこそ手を取り合うことができたのかもしれない。

この出会いがまさか俺の成り上がりのきっかけになるだなんて、今は知る由もなかった――。

疎(うと)ましい存在であったディオンを置き去りにしてきた三人は、踵(きびす)を返してダンジョンの外へと向かっていた。

殺すつもりでディオンを突き落とした以上、いくらあの穴がダンジョンの下層へ続いていたとしても下りるわけにはいかない。

故(ゆえ)に引き返しているというわけだ。

「歴戦の冒険者であるユキさんなら、もうすでにダンジョンから脱出しているはず。後はあらかじめ決めた通りに口裏を合わせればいいだけだ」

「そうね。でも、まさかこんなに上手く行くなんて思わなかったわ」

愉快(ゆかい)そうにシンディが笑う。

それにつられるようにして、セグリットも口角を吊り上げた。

「本当にな。まさか、ユキさんとはぐれるところまですべて僕たちの計画だなんて思わないだろう」

セグリットたちがディオンを力ずくで追い出せなかったのは、ユキというパーティリーダーがいたからである。

ユキはリーダーでありながら、ディオンに対して妙に甘い部分があった。

だからこそ、危険を承知で前もってセグリットはダンジョントラップの位置を確認し、わざと分断されたのだ。

ディオンという男を排除するためだけに――。


――ここまで苦労するならば、セグリットたちがパーティを抜ければもっと早く済む話だと思うことだろう。

それをしなかったことにも、理由がある。

「っ――お待ちください、お二人とも」

クリオラは腕を突き出し、二人の歩みを制す。

次の瞬間、三人の目の前の壁が爆ぜ、ゆっくりと人影が姿を現した。

「……やっと見つけたぞ」

現れたのは、白い女だった。

彼女は服や鎧についた埃を払うと、その透き通った黄色がかった眼で三人を見る。

「こ、こちらも探していたところです。ユキさん」

セグリットは自分が冷や汗を流していることに気づく。

それもこれも、目の前の女に対して慄いているからだ。

ダンジョン、または迷宮などと呼ばれる超自然建造物であるこの場所を、彼女は己の力だけで構造を変えてしまった。

それがどれだけ規格外なのか、彼女——ユキ・スノードロップ自身は分かっていない。

だからこそ、セグリットたちは彼女から離れたくないのだ。

ユキ・スノードロップのパーティにいれば、栄光が約束されたようなものなのだから。

「——ディオンは？」

ユキのその問いかけによって、三人に緊張が走った。

しかし狼狽えはしない。

あらかじめどう答えるかまで、すべて準備が済んでいるのだから。

「……申し訳ありません。この先に同じような転移トラップが仕掛けられていて、今度はディオンだけが飛ばされてしまいました」

「どこに？」

続けざまに放たれた問いかけに対し、セグリットは首を横に振る。

彼の意を酌んだユキは、悔しげに表情を歪めた。

セグリットは内心でほくそ笑む。

自分自身が転移で飛ばされた経験がある以上、ユキはこの嘘を疑いづらいのだ。

ディオンがはぐれたのは、自分がいなかったからだ——と、責任を感じるが故の心理である。

「三人は戻れ。あとは私一人で探す」

「む、無茶よ！　ここはSランクダンジョンなのよ⁉　いくらユキさんでも一人じゃ——」

「問題ない。私は一人でも生き残れた。むしろ三人がまた別々に転移してしまう方が危険だ。……ディオンを見つけ次第、すぐに戻る」

シンディの静止を願う声もむなしく、ユキは三人が歩いてきた道を戻るように駆け出してしまう。

その速度は実力者の三人であってもとらえられるものではなかった。

「ちょっと！　ユキさんが戻っちゃったらあいつの死体見つけちゃうんじゃないの!?」

「ふんっ、慌てるな。問題ないよ」

セグリットはシンディを軽くあしらうと、出口に向かって歩き出す。

その後ろに、同じく涼しい顔をしたクリオラが続いた。

「シンディさん、あの崖下にはいくつも禍々しい気配がありました。おそらく魔物の巣でしょう。……少なくとも、あの程度の男が落ちて助かるとは思えません」

「そうさ。今頃魔物の腹の中だろう。証拠は何一つ残ってやしない」

二人がそう言い切ったことで、シンディの焦りも少しずつ収まっていく。

セグリットは嘆息すると、そんなシンディへと歩み寄った。

「すべて僕に任せろ、シンディ。あのユキさんさえ、僕はコントロールしてみせる。君は安心してついてくるんだ」

「う、うん！　セグリットが間違っていたことなんてないもの！　ごめんなさい、取り乱して……」

「いいさ。ほら、行くよ」

彼が差し出した手を、シンディが取る。

そうして再び歩き出した二人を、静かに睨む者がいた。

クリオラ——彼女はまるで怒りを堪えるかのように拳を握ると、彼らの後に続いて歩き出す。
その様子に気づく者は、誰もいない。

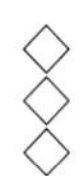

「——サーチ」

俺は体から魔力を放ち、進行方向へと送り込む。

魔力とは、体内にある魔臓と呼ばれる臓器から生まれる力。

魔術を扱う者からすれば、この力は血液と同じくらい重要なもの。

これを上手く扱えなければ、魔術師は名乗れない。

「それ、なに？」

「索敵だよ。魔力を飛ばして、魔物の位置とか、数を把握するんだ」

盲目の人間の中には、一つの音で周囲の物の位置を把握できる存在がいるらしい。

このサーチという技は、そこからヒントを得たものだ。

人間相手では逆探知されてしまう可能性もあるが、理性のない魔物相手であればあまり関係はない。

故にダンジョンに潜る冒険者にとっては、必須技能とも言える。

「この道の先に数体魔物がいる……進むなら接敵することになるけど——ん？」

魔物の位置が分かったところまではいい。

しかし、俺の中に一つの違和感が生まれた。

サーチの範囲が、普段よりも明らかに広い。

以前の俺であれば、直線で100メートル。

円のように広げるならば、30から40メートルが限界だった。

今行ったサーチは、その限界を遥かに超えている。

直線状で最低でも200メートル、いや、300は固い。

普段通りに魔術を使用したはずなのに、明らかな変化が起こっていた。

「どうしたの？」

「……なあ、竜の血って、人間の魔力量も増やすのか？」

「多分。私は実際に人に血を分けたことがなかったから、正直すべての変化を把握しているわけじゃない」

「そうか……」

「不都合？」

「いや、むしろありがたい」

俺がそう伝えれば、エルドラは安心した様子で笑顔を浮かべる。

エルドラも、一人の人間の構造を変えてしまったことに責任を感じているのかもしれない。

できる限り不安を感じさせないようにしたいところだ。

「それよりも……改めてこのダンジョンの広さには驚かされたな」

「ここはそんなに広い？」

「ああ。今まで見つかったダンジョンの中では、五本の指に入ると思う」

世界中に存在する謎の建造物、ダンジョン。

内部には常に魔物が発生し、常人には過酷すぎるほどの環境が広がっている。

最深部まで攻略するためには、並ではない努力と知識を携えていなければならない。

しかし、それに応じて得られる恩恵も絶大だ。

所々にある財宝や、人の手では決して生み出せない武器、装飾品。

ましてや最深部にいるダンジョンボスを倒すことができれば、一生遊んで暮らせるだけの金になるアイテムが手に入る。

そんな命がけの現場に果敢に攻め入るのが、俺たち冒険者だ。

ダンジョン攻略のために強くなり、アイテムを手に入れてさらに実力を伸ばす。

そういったシステムができあがっていることから、とある学者はこう仮説を立てた。

『ダンジョンは、いつか来る恐ろしい災厄に立ち向かうため、神がこの世にもたらした試練であり、恵みである——』

——と。

「ダンジョンには難易度が定められていて、ここは最高ランクのSがつけられている。本来ならSランクの冒険者が率いるSランクパーティが攻略に当たるべき場所だ」

「そうなんだ。じゃあ、ディオンはSランク？」

「いや、俺はBランク。俺の元いたパーティのリーダーがSランクだったんだ。他のメンバーは全員Aランクだったよ」

冒険者の規定として、Sランク冒険者はパーティ内に一人しか在籍できない。

Sランクという称号はあまりにも希少価値が高いが故、一組に固めてしまうと仕事の回りが遅くなるからだ。

Bランクの俺がパーティに在籍していられたのは、ひとえに戦闘面以外で役立つ回復魔術師であったことが大きい。

戦闘になれば、俺はセグリットたちに指一本も触れられないだろう。

(いや……もう関係ないな)

彼らと戦う想像などしたって意味がない。

追い出されたのなら、俺は俺の道を進めばいいだけだ。

「この先の魔物を倒すの？」

「ああ。俺が落ちてきた穴を戻るっていうのは現実的じゃないから、先に進むしかなさそうだ」

「むぅ。私も狭いところだと飛びにくい。賛成」

「よし――」

俺は深く息を吐き、ダンジョンの奥へと足を進める。

ダンジョンから出る方法として、一般的なのは出入口を使うこと。

そしてもう一つは、ダンジョンの最奥(さいおう)にいるダンジョンボスを倒すこと。

そうすればダンジョン内にいる人間は、一旦強制的に外に転移させられる。

今目指せるのは、それ一点だ。

少し前の俺なら諦めていたかもしれない。

しかし今の俺には頼もしい仲間がいる。

挑戦する価値は十分にあるはずだ。

俺は物陰に隠れ、通路の先をのぞき込む。

そこには四体の人間大の蟻がいた。

漆黒の体に鋭い牙を持つやつらの名は、ヘルアント。

地獄の蟻という名前に恥じない強さを持ち、単体ではBランクの魔物だが、三体以上集まった時点でAランク認定される。

俺一人では到底勝てない相手だ。

「あの子たちを倒せばいい？」

「ああ。できるか？」

「うん。問題ない」

エルドラが物陰から出れば、ヘルアントたちは一斉に彼女に視線を送る。

獲物を見つけた彼らに止まる理由はない。

迷いなく襲い掛かってくるヘルアントに対し、エルドラは小さく息を吐くとともに地を蹴って跳び上がった。

「一匹――」

群れの中心にいたヘルアントを、エルドラは着地と同時に踏みつける。

外骨格が割れる音がして、水気を含んだ嫌な音が響いた。

そして彼女は踏みつけた足を軸に、体を捻る。

「――あと、全部」

放たれたのは、綺麗な後ろ回し蹴りだった。

その一撃が、残った三匹の頭を吹き飛ばす。

すべてはほんの一瞬のできごとだった。

「はい、終わった」

「あ、ああ……見てたよ」

彼女が竜であると知っているからこそこの程度のリアクションで済んでいるが、知らなければきっとしばらくの間フリーズしていたことだろう。

ヘルアントの外骨格は、まともな刃物では傷一つつかないほどに硬い。

そもそも昆虫型の魔物に効率よくダメージを入れるには、骨格の隙間を狙うことが基本となる。

しかし、エルドラはその外骨格を砕くどころか吹き飛ばしてしまった。

足以外でやつらに触れることもないまま――。

「人型でも十分強いんだな」

「力ではやっぱり元の体よりも劣る。でもこっちの体の方が速いし、何より、可愛い」

エルドラはそう言って、目の前でひらりと舞ってみせる。

確かに、この世の者とは思えないほどに可愛らしい。

それと同時にとても目のやり場に困るため、俺は咳ばらいをして少しずつ目をそらした。

「んんっ……そもそも、どうして君は人になれるんだ？　竜が人になれるなんて話は聞いたことがなかったし、竜からすればわざわざ弱い種族に変身する必要もないと思うんだけど」

「人になれる理屈は分からない。生まれたときからできた。でも人型で過ごす理由はある。霊峰はそこまで広くない。みんながみんな竜の体でいたら住む場所がない」

「……なるほど」

「それに、人間は特別だから」

エルドラは微笑みを浮かべ、自身の体に指を這わせる。

「この世界が生まれたとき、世界を生んだ『ナニカ』は五つの王を創った」


竜王、霊王、獣王、海王、そして――魔王。

竜王は空の生物を創り、
霊王は見えない者たちを創り、
獣王は獣と森の住民を創り、
海王は海の生物を創り、
魔王は魔物を創った。

エルドラはそこまで続けて一息入れた後、再び口を開く。

「この世界で唯一王たちによって創られていないのが、人間。だから人間は、『ナニカ』によって直々(じきじき)に生み出された寵愛(ちょうあい)を受けし種族と言われている」

「それで、特別か」

「あくまで伝説。確証はない。でも、竜が変身できるのは人間の体だけ。それに、どの王もみんな形だけは人。きっとこれには意味がある」

今まで考えてもみなかった話だ。

そもそも俺は五体の王の話すら知らなかったわけで、考えが至らなかったとも言える。

しかし今の話を聞く限り、確かに人間には特別な何かがあるのかもしれない。

ありきたりな言葉になるが、無限の可能性とでも言えばいいだろうか。

「……私はもう霊峰には戻れない。だからここを出たら、人里で過ごしたい。人間がどんな存在か興味がある。案内してくれる？」

「人里か……俺の知っている街でよければいくらでも」

「嬉しい。じゃあ、早くこんなところ出よう」

エルドラの言葉に、俺は頷く。

やつらに会わないためにも今まで拠点にしていた街からは離れる必要があるが、俺だってそこしか知らないわけじゃない。

あわよくば、そこで冒険者業を再開できればいいのだが――。

「……ともあれ、今はここから出ることが先決か」

「？　どうしたの？」

「いや、何でもない。エルドラの言う通りだと思っただけだ」

俺は再び通路の先にサーチを行い、敵がいないことを確認しながら歩を進めた。

これからのことは、生き延びてから考えよう。

（——さっきから、気づかないふりをしていたけど）

俺は額に浮かんだ汗を拭う。

一歩ずつ進むたびに、体に嫌な重圧がかかっていた。

ダンジョンボスがかなり近づいてきた証拠だ。

これまでユキについていくつかのダンジョンを攻略してきたが、ここまでプレッシャーを感じたのは初めてかもしれない。

「大丈夫？　顔色悪い」

「あ、ああ。大丈夫だ」

「強い魔物の匂いが濃くなってきた。きっとディオンの言っていた『だんじょんぼす』。あともうひと踏ん張り」

エルドラは相変わらず涼しい顔をしている。

きっと彼女からすれば大した脅威（きょうい）でもないのだろう。

その頼もしさに触れるだけで、心なしか気分が楽になった。

「ほら、きっとあそこ」

　エルドラが指さす方向へ視線を向ければ、巨大な扉が壁に埋め込まれていた。

嫌なプレッシャーは、確かにあの奥から感じる。

「できる限りサポートする。危険と判断したら下がってくれ」

「分かった」

頷いたエルドラを確認して、俺は巨大な扉に触れる。

すると扉は見た目にそぐわぬ静寂さを持って開いた。

奥に広がるのは、吸い込まれそうなほどの暗闇。

俺は生唾を飲み込み、扉の奥へと足を踏み入れた。

「うっ……」

暗闇の中を少し進んだところで、突然光が目に飛び込んでくる。

気づけば、俺たちは歪な聖堂のような空間の中心に立っていた。

かなり広い空間だ。

壁際に大きな燭台が設置されており、炎が明かりとなっている。

「見て、ディオン」

　エルドラが指をさす。

その先には、玉座のような椅子に腰かける巨人がいた。

巨人は漆黒の鎧をまとっており、顔も鉄仮面に覆われ窺うことはできない。

ただその仮面の隙間から、明確な殺意だけが確認できた。

『オオォォォォオオオオ！』

「っ……！」

俺は思わず耳を覆った。

地の底から響くような雄叫びだ。

あまりの威圧感に、思わず膝をつきそうになる。

「来るよ」

巨人の手から黒い靄（もや）が噴き出し、漆黒の大剣を形作る。

そもそもの身長が10メートル以上なのに、生み出された大剣は巨人のそれと同等の長さに見えた。

「っ！　ディオン！」

巨人はその大剣を、豪快に振りかぶる。

「え――――」

気づいたときには、すでに大剣は振り下ろされていた。

頬に温かい液体が付着する。

横目で自分の肩から先を確認したならば、本来あるべき腕がそこにはなかった。

宙を舞ってたった今べちゃりと落ちてきたのが、俺の腕だった物だろう。

「ぐっ――あぁぁあああ⁉」

「ディオン！　下がってて！」

エルドラは焦った様子で俺に告げると、そのまま飛び出していく。

全くと言っていいほど反応することができなかった。

あの巨体で、目でとらえられないほどの速度を持ち、尚且つ間合いの外にいたはずの俺に斬撃を届かせることのできる何かを持ち合わせている。

想像の数十倍恐ろしい。

——ともあれ、俺は気絶してしまいそうなほどの痛みに耐えながら、肩の断面に手を添えた。

「ひ、ヒール……！」

傷を癒す光が肩口を包み込むと、出血が徐々に収まっていく。

ヒールは回復魔術の初歩。

切断された腕を元に戻すには、もう少し強い魔術でかなりの魔力と時間を消費しなければならない。

少なくとも、今この場でできることでは——。

「——あ……れ？」

違和感を覚え、俺はたった今ヒールをかけた肩口を見る。

そこには、本来あるべきものが戻ってきていた。

腕が、生えているのだ。

（かけたのはただのヒールだったはずなのに……何で）

脳裏に、サーチの範囲が広がったときの感覚が思い起こされる。

魔力が増えているが故に、魔術もすべて強化されているのだとしたら？

たとえ死にかけたとしても回復が間に合うのであれば、今の俺でも役立てるかもしれない。

唯一確かなことは、このまま膝をついている場合ではないということだ。

「戦うんだ……！　俺も！」

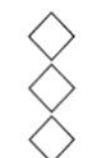

俺が参加していない巨人とエルドラの戦いは、まさしく壮絶なものだった。

巨人に向けて跳び上がったエルドラに対し、大剣が振り下ろされる。

彼女はその剣を蹴って弾くと、一度着地して巨人の懐へと入り込んだ。

「ふッ！」

巨人の胴に、エルドラの重い前蹴りが命中する。

しかし巨人は多少よろめいた程度で、すぐに体勢を立て直した。

当然ながら、ヘルアントとは比べ物にならないほどの頑丈さだ。

俺はいまだエルドラの手助けには入れていない。

しかし――。

（やっと……目が慣れてきた）

戦闘が始まってから、すでに1分程度が経過してしまった。

その代わりに、初めは目でとらえることすらできなかった巨人の一撃が、今でははっきりと見える。

集中すれば集中するほど、感覚が研ぎ澄まされていくようだ。

今なら、俺でも飛び込める。

「エルドラ！　走れ！」

「っ！」

俺は懐からナイフを取り出し、エルドラの前に出るようにして巨人に近づく。

突如現れた俺という新たな標的を認識した巨人は、最初と同じように真っ直ぐ剣を振り下ろしてきた。

（魔力強化……！）

俺はナイフに魔力を流し込む。

魔力強化は魔術師とはまた別な初歩的な戦闘技術。

自身の魔力を体の部位や武器に流し込み、威力、耐久力を上げる。

Cランク以上の冒険者であれば、息をするように扱える技だ。

「ぐっ！」

振り下ろされた大剣を、強化したナイフで受け流す。

やはり、明らかに間合いの外まで斬撃が飛んでいる。

魔法剣の一種か――ともかく、この部屋全体が巨人の間合いであると考えた方がいい。

（くそっ、さすがに無茶だったか……！）

受け流したはいいものの、体格の差というものは大きかった。

腕と足に激痛が走る。

おそらく手首の骨が砕けたのと、足の筋肉が耐えきれなかったようだ。

試してみてなんだが、もう二度とやりたくない。

「いいタイミング」

エルドラが巨人に肉薄する。

どうやら距離を詰めるだけの時間は稼げたらしい。

確実なチャンスで、エルドラは腕を振りかぶった。

「竜ノ右腕（レヒト・アルム・ドラッヘ）——」

エルドラの腕が一回り膨らみ、鱗（うろこ）が走る。

その姿はさながら人間が竜の一部を投影したかのような、歪な形だった。

そこから放たれた一撃は、今までの人生で聞いたこともないような轟音（ごうおん）を響かせる。

そうして巨人の体を大きく後ろにのけぞらせ、壁に強く叩きつけた。

『ごぉ……が』

「うん。今のは決まった」

エルドラが着地すると同時に、巨人が膝をつく。

かなり効いているようだ。

俺は自分の体にヒールをかけながら、彼女の側へと寄る。

「倒したのか……?」

「いや、まだだと思う」

その言葉は当たっていたらしい。

がらりと瓦礫（がれき）が崩れ、巨人が壁から身を離す。

そうしてそのまま俺たちに向け剣を振り上げようとするのだが——。

『ごぼっ』

巨人が膝をつく。

それと同時に、鉄仮面の中から赤黒い液体が溢れ出してきた。

よく見ればエルドラの一撃を受けた部分の鎧が大きく陥没している。

致命傷ではあったようだ。

「よかった。私の勘違いだったみたい」

エルドラが安心した様子で俺の方に顔を向ける。

俺はとっさに、そんなエルドラを突き飛ばした。

なぜそんなことをしたかと問われれば、冒険者として培った勘としか言えない。

しかしその勘は当たってしまった。

『オオオォォオオオオォ！』

「え――――」

脱力した状態からの、全力の一撃。

死なばもろともという意思の感じられる、決死の攻撃だった。

迫る巨人の大剣。

今まで一番の速度で肉薄した圧倒的質量を前にして、俺は――。

「よく……見える」

――自分の中で何かが噛み合ったのを感じた。

「ディオン⁉」
エルドラが叫ぶ。
ただ、俺はもう巨人の剣から逃れていた。
自分ですら驚くべき速度で、壁際まで移動していたのである。
（ここしかない！）
俺は自分の脳の処理が追いつく前に、壁に足をかけた。
「まさか本当に壁を走れるなんてな……！」
さっきよりも、人生のどのタイミングよりも、体が軽い。
俺は壁を駆け上がり、巨人の頭の位置と同じ高さへとたどり着く。
（拳に魔力を……！）
『オォ……オ』
最後に壁を強く蹴り、巨人の頭に近づく。
そして今までで一番の渾身の力で、その頭を殴りつけた。
金属が割れる音がして、巨人の体が真横に倒れる。
「さ、さすがに……やったよな」
着地にまで意識を向けられなかった俺は、べしゃりと情けなく地面へと落ちる。
巨人は動かない。
元々、エルドラの一撃で絶命寸前だった。

やつが万全の状態ならば、今の一撃でもほとんどダメージはなかっただろう。

すべてはエルドラのおかげというわけだ。

「ありがとう、また助かった」

「いや、全部エルドラのおかげだ。感謝するのはこっちだよ」

エルドラが差し伸べてくれた手を取り、立ち上がる。

その瞬間、俺の全身に激痛が走り、思わず膝をついた。

「がっ――――」

「ディオン！」

外傷は受けていない。

それなのに気絶してしまいそうな痛みが襲ってくる。

「こ、これは……」

「……きっと、代償。竜の血にまだ体が追いついていない」

つまり、竜の血が与える力に体の方が耐えられなかったということか。

回復魔術師であるが故に理解する。

足の筋肉は断裂（だんれつ）、殴りつけた方の手の骨は折れ、無数の内出血が確認できた。

あと少し全力で動いていたら、致命的なダメージを負っていたかもしれない。

「それでも……命があるだけマシだな」

俺は自分の肉体に回復魔術を施（ほどこ）す。

一度のヒールでは回復しきらなかったため、二回、三回とかけ直した。

四肢の欠損すら一度のヒールで治せたのに、この代償はそれよりも重いというのか。

「――ごめんなさい」

「どうしてエルドラが謝るんだ？」

「だって、私の血のせいであなたを殺してしまっていたかもしれない」

最後の方の言葉は聞こえないほどに尻すぼみとなり、エルドラは顔を伏せる。

人間など虫けらのように扱えるはずの竜が、俺のことでここまで落ち込んでいる――。

どう声をかけたものか、言葉は選びたいところだ。

「俺にあるのは……元々死んでいたかもしれない命だ。君が血をくれなければ、確実に死んでいたんだ。だから、その」

ありがとう――。

「っ！」

俺がそう伝えれば、エルドラが息を呑んだ気配がした。

今できることは、彼女にただひたすら感謝することだけ。

元々コミュニケーション能力が高いわけじゃなく、言葉選びが上手く行ったためしもない。

「エルドラに助けてもらえて、嬉しかった。一緒に行くって言ってもらえて嬉しかったし、一緒に戦えて……嬉しかった。だからその、すごく感謝してて……できればその、もう少し長く一緒にいられたらって――」

言葉を並べながら、徐々に頬が熱くなる。

自分でも何を言っているのか分からなくなってきた。

何とか綺麗にしようとして、ただただ空回りしている気がする。

「――ごめん、何が言いたいか分からないよな」

「……ディオンは、優しい人」

「え？」

いつの間にかエルドラは顔を上げていて、俺の顔を見て微笑んでいる。

その妖艶（ようえん）さを孕（はら）んだ表情に、俺はさらに頬が赤くなったのを感じた。

「優しくて、勇敢（ゆうかん）。さっきもまたあなたに助けられた。借りを返したと思ったら、また借りを作ってしまう。とても大変」

「そ、そんな気にしなくても……」

「ディオンが私の命を救ってくれたとき、あなたの命が流れ込んできた気がした。ディオンが、私に命をくれたの。だから本当は、少しじゃなくてもっと長く一緒にいたい。ディオンが許してくれる限り、ディオンの支えになりたい」

胸の奥が、小さく跳ねる。

もしかしたら俺は、この人と会うために生まれてきたのかもしれない。

そんな予感がふわりと浮かんでくる。

「私の命は、あなたの命。どうか……側にいさせて？」

「――ああ、分かった」

ずっと一緒だ――。

互いの手を、改めて強く握り合う。

エルドラと一緒なら、きっと俺はどこまでも行けるだろう。

今日という日が、俺と彼女の『始まりの日』だ。

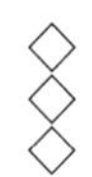

「ディオン、あれ」

エルドラの目線の先で、ダンジョンボスである巨人の体が粒子となって消えていく。

そして巨人がいた場所には、一振りの剣が落ちていた。

形としては、巨人が持っていた剣がそのまま人間サイズに小さくなった物。

俺とエルドラは、ゆっくりとその剣の元へと近づく。

「黒い剣……とても綺麗。それに強い力を感じる」

「ああ……あまり剣は扱ったことがないんだけど、持ち帰って損(そん)はなさそうだ」

ダンジョンボスを倒した際に見つかるアイテムは、たとえ俺たちが扱わなくても高額で売れる。

少なくとも持ち帰らないという選択肢はない。

そう思い、俺は黒い剣へと触れた。

「いっ……！」

その瞬間、まるで電気でも走ったかのような刺激を受け、思わず手を離してしまう。

「ディオン、大丈夫？」

「あ、ああ……問題はないけど――」

世の中には呪いを与えてくる道具があると言うが、そういった感じがあるわけでもない。

火傷ができているわけでもなく、本当に何の異変も感じなかった。

もう一度剣に触れてみれば、今度は問題なく持ててしまう。

（何だったんだ……？）

「ディオン、周りが変」

「え？」

エルドラの言葉で顔を上げてみれば、周囲の景色が歪み始めていることが確認できた。

初めは何のことかと思ったが、俺はほっと胸を撫で下ろす。

「大丈夫だ。これはダンジョンボスが倒されたことで、中にいる者を外に転移させるための仕掛けが起動しただけだから。できる限り側にいてくれ。距離によっては別々の場所に転移してしまうかもしれない」

「うん、分かった」

突然、エルドラが俺の腕にしがみついてくる。

ふわりと甘い香りがして、柔らかいものが腕に当たった。

「ま、待て待て待て！　こんな近づかなくていい！　見える範囲にいてくれればそれでいいんだ！」
「そう？　でもこの方が確実」
「いや、あの！　そうじゃなくて！」
きょとんとした顔を浮かべるエルドラの顔を見て、思わずたじろぐ。
駄目だ、俺には彼女を振り払えない。
苦悩している間に、俺の体を浮遊感が包む。
意識が天に吸い込まれていくような感覚に襲われた後、俺の視界は光に覆われた。
『——約者』
（何だ……？）
光の中、どこかから声がする。
『——契約者よ』
『我の——』
『我の名は——』
『——神剣、シュヴァルツ』

その言葉を最後に、声は聞こえなくなる。

気づけば、俺は森の中にエルドラと共に立っていた。

おそらくはダンジョンの近くにある森の中だ。

ずっと満足に明かりのない場所にいたからか、木々の隙間から見える木漏れ日ですら今は少し眩しい。

(神剣シュヴァルツ……こいつのことか？)

俺は手に握った黒い剣に視線を落とす。

今は何の声も聞こえてこない。

幻聴ではなさそうだが――。

「どうしたの？　やっぱり様子が変」

「いや、問題があるわけじゃないんだ。この剣から何か声が聞こえた気がして……」

「……難しい話はよく分からない」

エルドラは困った表情を浮かべている。

確かに、理屈が分からないことをとやかく考えていても仕方がないのかもしれない。

俺たちで分からないのであれば、分かる人を見つければいいだけの話だ。

(ユキも……くよくよ考えるのが嫌いだったな)

ここにはいない、そしてもう二度と会えないかもしれない幼馴染の顔が浮かんでくる。

それは寂しくもあるが、いつまでもユキに頼って生きているわけにはいかなかった。

巣立ちと考えれば、まだ少しは前向きだろうか。

「よし――休める場所に移動しよう。ここから西に行ったところに街がある」

「分かった。人里、楽しみ」

「案内する約束だったな」

これから行く予定の街は、ダンジョンに二番目に近い街である『レーゲン』。

俺たちが拠点にしていた『セントラル』という街は大陸の中心にあり、ダンジョン攻略の拠点としてかなり優秀だったのだが、レーゲンも細々とやっていくのであれば十分だ。

「ここからどれくらいかかるの?」

「徒歩だったら朝から晩までかかる。だから基本的には馬車なんだけど――」

「じゃあ、背中乗る?」

「え?」

突如として、エルドラは自身の体を竜へと戻した。

日の光の下で見ると、その体は一層美しく見える。

エルドラは俺に背中を見せると、登りやすいように尻尾を俺の方へと差し出してきた。

「方向さえ言ってくれれば、多分一時間もかからない」

「そ、そうかもしれないけど……かなり目立つし、それは望ましくないというか」

「乗りたく、ない?」

エルドラがなぜか寂しげな表情を浮かべている。

竜の顔なのに何と分かりやすいことか。

いたたまれなくなってしまった俺は、一つため息を吐いて彼女の背中によじ登る。

「できる限り上を飛んで、あまり目立たないようにすること。それと……あまり速度を出さないでくれると嬉しい。空を飛ぶのは初めてなんだ」

「分かった、気を付ける。ディオンの初めて、嬉しい」

「誤解を招きそうなこと言わないでくれ！」

俺の叫びは、羽ばたく音にむなしくかき消された。

ダンジョンから出るときとはまた別の浮遊感に包まれ、青い空が急速に迫ってくる。

「うわっ⁉」

「しっかり掴まってて」

言われなくても、手を離している余裕などなかった。

高度が上がれば上がるほど、肌に感じる温度が下がっていく。

しかし雲と同じ高さまで到達した瞬間、突然寒さや息苦しさがどこかへと消えた。

「楽になった？」

「エルドラが守ってくれてるのか？」

「うん。ディオンは慣れてないから大変だと思って」

目を凝らせば、俺の周りだけ薄く膜のようなものが張られている。

この中にいる限り、環境に苦しめられることはなさそうだ。

「ドラゴンベールっていう魔術。竜の力を持ったディオンならきっと扱えるから、後で教える」

「竜の力――他にもできることはあるのか？」

「たくさんある。ディオンはだんじょんぼす相手にもう竜の力を少しだけ使った。けど使いこなせてはいないと思う。だから、ディオンはもっと強くなれる」

「もっと強く、か」

自分の拳を握りしめる。

もっと強くなれたのなら、名高い冒険者たちにも手が届くだろうか。

せっかく拾えた命なら、有意義に使っていきたい。

「エルドラ、俺は目標を決めたよ」

「目標？」

「三大ダンジョンに挑もうと思う」

現在発見されているダンジョンの中で、もっとも難易度が高いと言われている三つ――。

『紅蓮(ぐれん)の迷宮』、『群青(ぐんじょう)の迷宮』、『深緑(しんりょく)の迷宮』。

初期に発見されたこの三つの迷宮は、何十年と時が経った今でも攻略されていない。

今日攻略したダンジョンは五本の指に入る難易度と言ったが、三本の指には決して入れないのだ。

三大ダンジョンを攻略することが、多くの冒険者の悲願である。

「きっと楽な道じゃないけど――」

「私はディオンについていく。私の今の居場所は、あなたの隣だから」

「……ありがとう」

エルドラが嬉しそうに身を揺らす。

そして少しずつ、飛行の速度が上がっていった。

雲を置き去りにし、地上の景色が流れていく。

彼女の言った通り、そう時間のかからないうちに小さく街が見えてきた。

——最初の波乱は、今からほんの数分後に起きる。

「これは……」

ディオンを探していたユキは、周囲の景色が突如として地上に変わったことに困惑していた。

ダンジョンから脱出する方法は、現在発見されている限りでは三つ。

一つ、通常の出入口を使用する。

二つ、高価だが転移する魔道具を使用する。

三つ、ダンジョンボスを倒した後の強制転移を利用する。

このとき、ユキは間違いなく出入口にはいなかったし、転移の魔道具も使っていない。

つまり考えられる可能性は三つ目の方法だけ。

(あのダンジョンに潜っていたのは確認できる範囲で私たちだけ……まさか違法冒険者？　いや、その程度の連中に攻略できるとは思えない)

ユキは顎に手を当てて思案する。

彼女は決してたどり着かない。

ディオンがダンジョンボスを倒したという可能性に。

「こうしていても仕方ない……か」

ダンジョンから強制転移するとき、どこに転移するかはダンジョンの周辺からランダムで決まる。

ディオンが生きているのなら、ここからそう離れていない場所に転移しているはずなのだ。

ユキはそんなわずかな希望に縋るようにして、歩き出す。

「どこにいるんだ、ディオン……私にはお前がいないと――」

氷の女王とまで呼ばれてしまうような冷静沈着なユキの表情が、一瞬くしゃりと歪む。

ディオンと彼女が再会するのは、また少し先の話――。

◆二章　冒険者ギルド

「この辺りで竜を目撃しませんでしたか？　影を見たという行商人が先ほど訪れまして……」

「い、いや……知らない、なぁ？」

レーゲンの街に入るには、まず外敵を通さないために作られた外壁を潜(くぐ)らなければならない。

外壁にはそれぞれ東西南北に門が置かれており、そこで検問を受けたうえでようやく入れるようになる。

俺は抜き身で持っていた剣にしっかりと布を巻き付け、冒険者ライセンスという一種の身分証提示まで済ませて信用を勝ち取ったところだったのだが――。

「ここ東門では、現在警戒態勢が敷かれております。お通しすることはできますが、ここから外へ出ることは許可できません。あらかじめご了承(りょうしょう)ください」

「……分かりました」

「では、ようこそレーゲンへ」

門番である騎士はそう告げて、由緒(ゆいしょ)正しき敬礼の姿勢を取る。

俺は後ろめたさから、エルドラの手を掴んでそそくさと中に入ってしまった。

「ねぇ、ディオン。多分私のこと――」

「今は何も言うな」

俺はとにかく門周辺から離れたかった。

なぜなら、あからさまに武装した騎士団が集まっていたから。

どうやら竜……というかエルドラを迎撃するために集まっているらしい。

竜が人に化けるなんて話はほとんどの人間が知らないだろうから、エルドラが竜であると気づく者はほとんどいない——と思う。

しかし頭で理解していても心は違うのだ。

少なくとも、俺はこの状況で堂々としていられるほど肝は据(す)わっていない。

「これからは緊急のとき以外は飛ばないようにするね」

「……ぜひそうしてくれ」

騎士の姿が見えなくなったところで、俺はようやく胸を撫で下ろす。

エルドラがよかれと思ってやったことであるが故に、決して責める気はない。

責めるにしても、それに乗った俺も同罪だ。

「よし——気を取り直そう。まず済ませておかないといけないことがある」

「何？」

「エルドラの服だよ」

俺は首を傾げる彼女の手を取り、まずは商店街の方へと足を向けた。

「うぅ……可愛いけど、締め付けがちょっと」

「悪いな、人間社会で生きる以上は最低限のマナーなんだ」

「……なら、仕方ない」

さすがにローブ一枚で体を隠すのには限界がある。

だからエルドラにはちゃんとした服を買い与えてみた。

肩の布がないノースリーブの服に、彼女の目の色に近い青いスカート。

ただ彼女に適したサイズは置いてなかったらしく、息苦しいとのことで胸元のチャックがかなり大胆に開いている。

染み一つない肌がかなりさらけ出されてしまっているが、丸出しよりはマシであると自分に言い聞かせた。

ちなみに、下着に関しては店員に選んでもらっている。

エルドラ本人はかなり抵抗があったようだが——。

(ともあれ……かなりの痛手だな)

俺は自分の懐に収まっている財布を擦る。

突然この街に来ることになったため、今までの貯金などを持ち出す余裕はなかった。

一文無しではなかったが、この服を買ったことでもうカツカツである。

「ねぇ、ディオン?」

「ん、どうしたんだ?」

「私、冒険者になってみたい。ディオンの職業がもっと知りたい」

エルドラが期待を込めた目で俺を見ている。

突然の申し出で一瞬フリーズしてしまったが、よく考えれば俺にとっても好都合だ。

今の課題は資金。

冒険者の仕事はダンジョン攻略だけにとどまらず、雑用からダンジョン外の魔物討伐まで幅広い。

主にダンジョンにて成果を挙げられない実力不足な冒険者が、ある程度経験を積むためにそういった仕事を受けている。

（離れて行動することもあるだろうし、エルドラが身分証を持つことは悪いことじゃないな）

ダンジョンに挑むという目標を立てたものの、やはり下準備は必要だ。

エルドラは実力に関しては申し分ないと思うが、冒険者としての常識を身に付けるのは決して無駄にならない――はず。

小さな依頼をこなして、まずは生活用の資金を集めるか。

「じゃあ最初に案内する場所は、冒険者ギルドってことで」

「ギルド？」

「冒険者が集まるところだ。冒険者になる場合は、そこでライセンスを取らないといけない」

冒険者ギルドは、基本的にどの街にも存在する。

一度ライセンスさえ作ってしまえば、たとえ別の街でも同じように依頼を受けたり、素材買取をしてもらえるのだ。

「ほら、あそこだよ」

この街のギルドには何度か足を運んでいるため、案内は比較的スムーズに行えた。

やはりセントラルほどではないが、ここのギルドもかなり大きい。

「人がいっぱい」

「冒険者はもはや人気職だからな……大きい街なら大体こんな感じだよ」

冒険者は命を張る仕事であるが、同時に金になる仕事でもある。

初めは男が多かったが、やがては女性も珍しくなくなり、今では比率としてほとんど変わらないくらいまでに増えた。

「だいぶ混んでるけど、新規登録のためのカウンターはまだ空いてるな……」

「あそこで登録すればいいの？」

「そういうことだ。種族を問われたりすることはないから、問題はないと思うけど」

カウンターの前に並んでしばらく待てば、すぐにエルドラの番が来る。

受付嬢の指示通りにカウンターの前に立つと、一枚の用紙が差し出された。

「冒険者ギルドへようこそ！　新規登録でしたら、この用紙に個人情報を書き込んだ後、血液にて前歴がないかどうかの調査をさせていただきます」

「ぜんれきって？」

「犯罪行為を行ったり、奴隷契約を結ばれている方は冒険者にはなれないのです。冒険者ライセンスは身分証として強い力がありますので」

「そうなんだ」

おおよそ理解した様子のエルドラは、改めて書類と向き合う。

それから数秒、彼女の顔はあからさまに曇っていた。

「ああ……受付さん、これは代筆でも大丈夫でしたっけ？」

「ええ、問題ありませんよ」

文字を学んだことのないエルドラが個人情報を記入できるわけがなかった。

俺は彼女からペンを受け取ると、代わりに名前や年齢を記入していく。

もちろん、年齢に関しては詐称だ。

「ディオン？　私の年齢はもっと――」

「分かってるよ、今年で19になるって話だろ？」

余計な部分に突っ込まれる前に、強引に年齢を書いてしまう。

実際問題、ライセンス取得に必要なのは血液による経歴調査だけだ。

名前や年齢、プロフィールに関して誤魔化すことは問題にはならない。

「エルドラさん……はい、確認いたしました。ではこちらの容器に一滴だけ血を垂らしてください」

用紙を受け取った受付嬢は、代わりに器とナイフを差し出してくる。

エルドラはナイフで親指に傷をつけると、そこから血を器に垂らした。

「ありがとうございます、では――」

受付嬢が血に手をかざせば、器が輝きだす。

それから数秒、受付嬢は一つ頷くと、器を下げた。

「ふぅ、エルドラ様の経歴に問題はありませんでした。これにて冒険者ライセンス発行の手続きは終了となります。どうぞこちらをお持ちください」

「これがライセンス？」

エルドラが受け取ったのは、手のひらサイズのカード。

血液審査にて申請した本人にしか持つことができない特別な物で、大変貴重な素材でできているらしい。

「本来ライセンス発行には金銭が必要なのですが、かなり高価な物なので依頼達成にてギルドに支払われる報酬から少しずつ返済していただくことになります。あらかじめご了承ください」

「うん……？　分かった」

多分分かってないな。

後で説明しよう。

「あ、そうだ！　最近導入された制度なんですが、ランク検定というものがありまして――」

受付嬢が、俺でも見たことがない書類をエルドラの前へ置く。

ランク検定――最近導入されたということは聞いていたが、実際に見るのは初めてだ。

「冒険者のランクには、ＦからＡの六段階に、最高ランクのＳを含んだ七段階があります。通常であれば新人はＦから始まるのですが、冒険者が増えてきたこともありＦランクがだいぶ飽和（ほうわ）状態でして……そこで現役の冒険者を審査員に置き、戦闘力を測定します。その結果次第で、初期のランクを高い位置から始めることができるのです」

「……なるほど」

思わず俺は感心した。

確かに、Ｆランクの依頼だって無限じゃない。

仕事がなければ報酬を得られない人間が現れ、ギルドはライセンスカードの金を回収できなくなってしまう。

　そうなれば割を食うのはギルドの方だ。

「審査員となる冒険者はAランク以上の方が担当します。もちろんあくまで腕試しなので、加減してくださるようお伝えしていますが……いかがでしょう？」

「……した方がいい？」

　エルドラが俺の方を見ながら問いかける。

　悪い話ではないと思った。

　ランクが高ければ高額の依頼が受けられ、ダンジョンへの挑戦もスムーズになる。

　俺のランクがBだから、それ以上の結果が出てくれれば――。

「やってみよう。物は試しだ」

「うん、分かった。じゃあやってみる」

　エルドラは素直に頷くと、ランク検定の手続きを始めた。

　彼女のことだから、戦闘に関しては何の問題もないだろう。

　問題があるとすれば……むしろ相手の安全の方なのだが。

「確かに承りました。では担当する冒険者の方を探しますので――」

「そういうことなら俺がやってやってもいいぜ？」

「……ブランダルさん」

　突然真後ろから声がかかり、どういうわけだか受付嬢の表情が曇る。

　ブランダルと呼ばれた大男は偉そうに俺たちの前に回り込むと、まるで品定めするような目でエルドラを見た。

「へぇ、いい女じゃねぇか。どうだい？　抱かせてくれたらAランク認定してやるけど？」

「ブランダルさん！　そういうのは困ります！」

「へっ、冗談だっつーの。ま、俺が本当にやろうと思ったらてめぇらギルド職員じゃ逆らえないんだろうけどな」

「っ……」

受付嬢は悔しげな表情を浮かべている。

Aランク冒険者は、Bランクまでの連中と比べて希少性がかなり違う。

Bランクの依頼やダンジョンを単独で攻略し、尚且つAランクダンジョンでその時々で定められた魔物を規定数狩る――それが昇格の条件だ。

この単独攻略というのが大変厄介であり、これのせいで俺もBランクにとどまっている。

つまりAランクであるというだけで、このブランダルという男が強いのは間違いない。

そしてこのギルド内では大きな影響力を持っているということも。

「あなたと戦えばいいの？」

「おうよ。ところで、そいつはパーティメンバーか何かか？　ランクは？」

突然、ブランダルは俺の方を見てそう問いかけてくる。

「……Bだけど」

「はっ、雑魚か。じゃあ決まりだな！　女、お前オレのパーティに入れ。それならBランク認定をくれてやる。そんでもってオレのパーティに参加すりゃもう実力なんざ関係ねぇ。何たってオレがリーダーなんだからな！　オレを喜ばせる限りはいい飯を食わしてやるよ」

ブランダルの目は、エルドラの胸元に向いていた。

どう見ても傲慢さが溢れ、思考が歪みきっている。

この男と関わるのは危険だ。

「エルドラ、ランク検定は一回諦めて――」

「いや。私はこの男とやる」

「は⁉」

エルドラの手を引こうとしたが、びくともしない。

真っ直ぐブランダルを睨み、険しい表情を浮かべている。

「こいつはディオンを馬鹿にした。だから――」


――絶対に許さない。

エルドラは決してブランダルから目を離さぬまま、そう告げた。

ギルド内に、ブランダルの笑い声が響き渡る。
騒がしかったギルド内が静まり、皆が俺たちに注目しだした。
嫌な空気だ。

「面白れぇこと言うじゃねぇか、女ァ。許さないだぁ？」

ブランダルの顔から笑みが消え、鋭い眼光がエルドラを射抜く。

「ってことはアレか？　もしかしてオレ様に勝つつもりなのか？」

「そうだけど」

「はっ、そこまで行くと笑えねぇな。冒険者として無謀なことに挑むっていう点においては合格なのかもしれねぇけどよ」

エルドラは目をそらさない。

それがまたブランダルの怒りを買ったようで、彼の眉間に皺が寄っていく。

今にも襲い掛かってきそうだ。

「ブランダルさん！　ギルド内で揉め事を起こされては困ります……！」

そんな彼を、受付嬢が止める。

おそらくはこれが最終通告。

これ以上ここで暴れるようなら、ギルド側から何かしら制限を与えるつもりなのだろう。

「チッ、うるせぇな……分かってるよ。んで、今訓練場は空いてんのか？　この女はオレとヤることを所望しているらしいんだけどよ」

「ほ、本当にいいんですか!?」

受付嬢の確認は、ブランダル相手ではなくエルドラに向けられたものだった。

新人対ベテラン――受付嬢として新人を心配せずにいられないのだろう。

しかし、俺目線ではそれは杞憂だ。

「大丈夫。今すぐにでも戦いたい」

「……っ、分かりました。今は第二訓練場が空いてるので、お使いになってください。ただ、危険と判断したらすぐにでも止めさせていただきますので」

受付嬢が指した先には、第二訓練場と書かれた看板があった。

訓練場はパーティを募集した際に希望者の実力を確認したり、それこそ冒険者同士の喧嘩などに使われる。

ブランダルは近くに立てかけてあった大きな斧を肩に担ぐと、第二訓練場の方へと足を進めた。

「来いよ、可愛がってやるから」

「それはこっちのセリフ」

ブランダルへそう返したエルドラは、振り返って俺と目を合わせた。

「ディオン、待ってて。すぐに片づけてくるから」

「あ、ああ……けど――」

「大丈夫。全力は出さない」

一つ頷き、エルドラはブランダルについて第二訓練場へと向かう。

「――色々と心配すぎる」

こうしてはいられない。

エルドラの動向を見守るため、俺も第二訓練場へと足を踏み入れた。

◇◇◇

訓練場は外にあり、周囲を塀で囲む形で隔離されている。

周囲の壁には訓練用の武器などが立てかけられており、普段はそれを使って実戦形式の訓練を行う。

「おい、ブランダルさんが新人を見るらしいぜ。しかも相手は見たことねぇ美人の女らしい」

「マジかよ!? まーたあの人の毒牙にかかるやつが出たか」

いつの間にか、訓練場の中にはちらほら人影が見れるようになった。

あのブランダルという男はかなりの有名人らしい。

噂として聞こえてくる範囲だが、すでに何人もの新人を食いつぶしているようだ。

男は徹底的に潰し、女は逆らえないようにする。

中には徹底的に落とされて、奴隷に売られた女もいるらしい。

「あの、エルドラ様は本当に大丈夫なのでしょうか?」

「あなたは……」

「受付のシドリーと申します。先ほどは止められず申し訳ありませんでした」

休憩をもらったのだろうか、シドリーは俺の隣まで来ると、頭を下げた。

「ああ、彼女が望んだことなので、あなたが気に病むことじゃないと思います」

「ですが冒険者の方々を管理する立場としては、危険な行為をみすみすさせるわけには……」

「危険……そうですね、確かに」

傍から見れば、ブランダルからエルドラに向けた圧倒的な弱い者いじめだ。

俺からすればまるっきり反対なのだが――。

「大丈夫ですよ。すぐに分かりますから」

「は、はぁ……」

シドリーさんは困惑顔を浮かべているが、今はそれも仕方のないことだろう。

俺は改めて中央に立つ二人へと視線を戻した。

「おうおう！　ギャラリーもだいぶ集まってきたなぁ。みんなテメェの公開処刑を見てぇってよ」

「……」

「んだぁ？　黙り込んでよォ。今さらになって後悔してるとか言うんじゃねぇだろうな？」

ブランダルは挑発するように斧を突き付ける。

対するエルドラは一つとしてその場から動かない。

「今ならまだ許してやる。オレに舐めた態度を取ったことを誠心誠意謝って、オレの女になるって言うならな」

「言いたいこと、それだけ？」

「……その態度が舐めってるっつーんだよ。いいか!?　俺はAランク冒険者！　この街でAランクっつったら5パーセントにも満たねぇ存在なんだよ！　本来ならテメェのような新人が口を利いていい相手じゃねぇんだ！」

……性根の性根から腐っている。

体の底から、ブランダルという男に対しての嫌悪感が湧いてきた。

姿かたち、言動も性格もまるで違うのに、他人を道具としか見ていないような部分がセグリットと重なる。

「力があるってのは素晴らしいぜ！　この街じゃ誰もオレに逆らわねぇ。だからテメェも素直になれ。あんな糞弱ぇBランクの雑魚にくっついてねぇで、早いところオレに――」

「っ！」

エルドラの足がブレる。

同時に、自分に向けられたわけではないのに背筋に寒気が走るほどの殺気を感じた。

「エルドラ！」

「――っ」

思わず、俺は叫んでいた。

刹那、訓練場内に突風が吹き荒れる。

それはエルドラの蹴りの風圧だった。

彼女の足はブランダルの頭に触れる寸前でぴたりと静止している。

誰もが呆然と、その光景を見ていた。

「――ごめん、殺しちゃうところだった」

平然と言ってのけるエルドラは、足を下ろす。

俺はほっと胸を撫で下ろした。

あのまま蹴りが当たっていれば、頭を吹き飛ばしていただろう。

竜である彼女には法律など関係ないことだろうけど、ここでブランダルを殺してしまえば少なくとも冒険者にはなれない。

「仕切り直す？」

「っ！　うるせぇ！」

「わっ」

ブランダルが強引に斧を振るが、エルドラは上半身をそらしてそれをかわす。

その隙にブランダルは距離を取り、斧を構えなおした。

「はぁ……はぁ……何だってんだよ、今のは……」

「今不意打ちしちゃったし、次はそっちからでいいよ」

「な、何だと……？」

エルドラは両腕を広げ、一歩彼に近づいた。

それだけで、ブランダルは一歩後退する。

ブランダルの表情には見覚えがあった。

あれは、恐怖心を抱いてしまった人の顔だ。

「じょ、上等だ！　後悔するんじゃねぇぞ！」

斧を振りかぶり、ブランダルは飛びかかる。

力任せに見えて、技術を伴った動きだ。

ブランダルは空中で身をそらし、勢いをつけてエルドラへと振り下ろす。

彼女はその場から動こうとはしない。

「アックスインパクトッ！」

ブランダルの一撃で、砂埃が上がる。

エルドラの姿はその中に消えて見えなくなってしまった。

「エルドラさん!?」

「大丈夫ですよ、ちゃんと避けてます」

「え!?」

心配するシドリーさんをよそに、エルドラは砂埃の中から平然と現れる。

彼女は体を半身だけずらし、斧をかわしていた。

ブランダルは地面にめり込んだ自分の斧を見て、息を呑む。

「まさか……避けやがったのか……?」

「そう」

「ふ――――ふざけんじゃねぇ！」

ブランダルが横なぎに斧を振るう。

しかしエルドラは、自分の体に斧が当たる前に刃の部分を蹴り上げた。

衝撃に耐えられなかった持ち手の部分が悲鳴を上げ、中心の辺りでへし折れる。

そして宙を舞った刃が、離れた位置に突き刺さった。

「まだ、やる?」

「あ……ぁあっ……何がどうなって」

「今頭を下げて謝るなら、許してもいい」

「うっ、おぉぉぉぉお！」

武器を失くしても、ブランダルはエルドラへと襲い掛かった。

ただそれは勇敢とは違い、ただの自棄（やけ）だ。

飛びかかればかわされ、殴りかかれば受け流される。

まるで大人が赤子と遊んでいるようだった。

「ふざけんじゃねぇぞ！　オレは！　オレはッ！　Aランク冒険者の——」

「もう、いいよね」

掴みかかろうと姿勢を下げたブランダルの脳天に、エルドラのかかと落としが突き刺さる。

轟音とともに砂埃が舞い、ブランダルは頭から地面に叩きつけられた。

彼はしばしの痙攣（けいれん）のあと、動かなくなる。

死んではいないようだが、当分はベッドの上から動けないだろう。

その程度で済んでいるのは、ひとえにエルドラが加減したおかげだ。

「終わったよ、ディオン」

「ああ……スカッとしたよ」

「ならよかった」

先ほどまで戦っていた姿はどこへやら、エルドラは満足げに微笑んでいる。

さて、本題はエルドラがどのランク帯になるか、という話なのだが——審査員であるブランダルがアレでは、期待はできないかもしれないな。

「この度は大変申し訳ありませんでした。エルドラ様のランクなのですが、暫定Aランクとさせていただければと思います」

ギルド内に戻った俺たちは、シドリーさんからそんな言葉を伝えられた。

暫定――初めて聞く処理に、少し困惑する。

「暫定、ですか……」

「はい。Aランク冒険者であるブランダルさんを倒したことは、確かな実績です。本来ならばすぐにでもAランクを進呈したいのですが、今回はあまりにも特殊な形式だったので……審査員本人からの評価が得られない以上、正式なランクは保留とさせていただければと思います」

「どうすれば正式な評価になるんですか？」

「Aランクダンジョンの攻略ですね。すでに攻略されているダンジョンでも構いませんので、最下層まで行って帰還することさえできれば、正式にAランクを進呈させていただきます」

なるほど、妥当な条件だと思う。

それにエルドラが経験を積むにはちょうどいい難易度だ。

ダンジョンは実力だけで攻略できる場所ではない。

仕掛けられたトラップ、特異な能力を持つ魔物の見極めなど、経験が生きる場所が多すぎる。

「Bランク以下の冒険者であれば同行も可能ですので、ディオンさん……でしたっけ？　Bランクとお聞きしましたので、あなたであれば同行できます。ぜひサポートしていただければと思います」

「ああ、助かります。では……」

「あ、あの！」

カウンターから立ち去ろうとしたとき、突然シドリーさんが声を上げた。

何事かと見てみれば、彼女はなぜか疑念の目を俺に向けている。

「えっと……何か？」

「あ、その……ディオンさんは、さっきのエルドラさんの動きが見えてたんですか？」

「え？　ああ、まあ大体は」

エルドラはかなり加減していた。

本気で動かれたら到底追うことはできないだろうが、あの程度ならば反応できる。

でなければ、最初の蹴りを止めることはできなかった。

「――っ、そうですか。すみません、呼び止めてしまって」

「いえ、では」

俺は改めてシドリーさんに礼を告げた後、エルドラと共にカウンターを離れる。

エルドラは少し不満げで、険しい表情を浮かべていた。

「どうした？」

「……Aランクの人を倒したのに、Aランクじゃないんだ」

「そのことなんだけどさ、今回仮だとしてもAランクを進呈されるってのはかなり異例のことらしいんだ」

「どういうこと？」

「検定制度ができてから、Aランク認定された人間っていうのはいないんだって。なぜならAランクに勝てる新人なんていないから。それだけランクの壁っていうのは一定のところからとても高くなる」

これはエルドラとブランダルの戦いが終わった後に、シドリーさんから聞いた話だ。

Aランク冒険者に新人が勝ってしまった場合はどうなるか。

それを質問したところ、実際にどうなるかという話は聞けなかったものの、これまでに前例がないことであるというのは教えてくれた。

「エルドラが強いってことは俺が知ってる。だから……その、あまり気にするなと言いたかっただけで」

「分かった。ディオンが言うなら気にしない。それに、ディオンが私のことを知ってくれているならそれでいい」

エルドラは嬉しそうに目を細める。

彼女の美しい外見からその表情が飛び出すのは、相変わらず心臓に悪い。

「これからどうするの？」

「もう時間もかなり遅いから、宿へ向かおうと思う。明日ある程度街の案内をしながら準備して、その後は依頼を見てみよう。まずは資金集めだ」

「分かった。頑張る」

張り切る様子のエルドラを見て、俺は拳を握りしめる。

分かっていたことだが、一瞬で俺のランクを抜いてしまった。

それを悔しく思う自分に少し驚く。

強くなりたい、エルドラの隣にいるのに相応しい存在になりたい。

ここまでの向上心を抱いたのは、初めての経験だった。

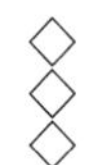

「あの、ギルドマスター……少し時間をいただけないでしょうか？」

受付嬢のシドリーは、ディオンたちがギルドを出ていくのを見送った後、レーゲンのギルドの最高責任者であるギルドマスターの部屋を訪ねていた。

赤髪に片目が潰れている女、ギルドマスターのレーナは、大きな革張りの椅子に腰かけたままで応対する。

「お、シドリーか。どうした？」

「先ほどの新人のランク検定、ご覧になりましたか？」

「ああ、お前が念のためって呼びに来たからな」

シドリーは万が一の場合にブランダルを止めてもらうため、レーナに監視役を頼んでいたのだ。

彼女はギルドマスターになる際に引退したが、元Sランク冒険者である。

前線で活躍できるほどの実力は目の怪我とともに失ってしまったが、今でもブランダルを止める程度ではあれば問題はなかった。

「暫定Aランク。お前たちの判断は間違ってないと思うぞ」

「ありがとうございます……ですが、一つ気になることがありまして」

「何だよ」

シドリーは一枚の用紙をレーナの前に置く。

それはディオンの冒険者ライセンスのコピーであった。

「こいつは？」

「エルドラさんのパーティメンバーのようなんですが、少し疑念がありまして」

「へぇ……何の変哲もないBランク冒険者にしか見えないけどなぁ。回復魔術師ってのはちょっと珍しいかもしれないけど」

「その回復魔術師というのが少し疑わしいんです」

「は？」

シドリーの顔は、決して冗談を言っている顔ではなかった。

それを見たことで、話半分で聞いていたレーナも真剣な目を向ける。

「ディオンさんはあの戦闘でのエルドラさんの動きを目で追えていたと言うのです。後衛職の彼がですよ？　あのブランダルさんですら反応できなかった攻撃が見えているなんて、少しおかしくないですか……？」

「――――そうだな。目を怪我したとは言え、あたしですら半分も追えなかったっつーのに」

レーナは改めて、ディオンのライセンスカードへ目を通す。

元Sランク冒険者であるレーナが反応できなかった動きを、Bランクの冒険者が反応した。

さらに言えば、回復魔術師は本来後方に控えていなければならない職業であり、極力戦闘に参加しないことが理想とされている。

つまり、あまり戦闘経験は積めないのだ。

そんな男があの戦いを目で追いながら、声で彼女を制することができたなんて、到底信じられる話ではない。

しかし、それは実際に起きた出来事なのである。

「で、結局何が言いたいんだ？」

「……ディオンさんにランク検定を受けていただきたく思います。もちろん彼からの同意が得られれば、ですが」

「なるほどね。確かに今Aランク以上の冒険者が減少傾向にあるし、もし本来の実力を隠してるならぜひとも適正ランクになってもらいたいところだな」

「はい。許可をいただけますでしょうか？」

「うーん……」

レーナはしばし考え込む。

ランク検定とは新人に対して行われるもの。

一度冒険者になってランクを得た者は、そこから一つずつ上げていくのがルールだ。

シドリーの提案は、そのルールを無視する可能性がある。

もちろん、本当にディオンがBランク以上の実力を持っていればの話だが。

「んー、まあいいんじゃないか？　どうせこのギルドの最高責任者はあたしだし、文句は言わせねぇ。ただし！　条件がある」

「何でしょうか……？」

「へっ、それは検定のときになったら教えてやる。まずは直接本人に意思を聞いてこい」

「分かりました。ありがとうございます！」

シドリーは頭を下げると、部屋を後にした。

残されたレーナは、改めてディオンのライセンスに目を通す。

「どこかで見た気がするんだよなぁ、こいつ。まあいいや、実力者が増えて、この街が活気づくならな」

レーナは楽しげに笑い、ライセンスのコピーを丸めてゴミ箱へと投げる。

知らず知らずのうちに、ディオンは妙な注目を集めつつあった。

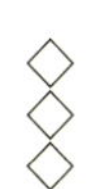

「黒の迷宮が攻略された!?」

冒険者の聖地、セントラルのギルド内に、セグリットの声が響く。

何事かと集まる視線に気づいた彼は、咳ばらいをしてテーブルに着き直した。

「ゆ、ユキさん、それは本当なんですか……？」

「ああ。突然外へと転移させられたということは、ダンジョンボスが倒されたということで間違いない。誰かがあのダンジョンを攻略したんだ」

「そんな……あのダンジョンの攻略に当たっていたのは、今の時期我々だけだったはずなのに……」

黒の迷宮とは、セグリットたちがディオンを置き去りにしたダンジョンのことである。

紅蓮の迷宮、群青の迷宮、深緑の迷宮に次ぐSランクダンジョンであり、ユキたちは慎重にここの攻略を進めていた。

それが突然、1日もかからずに攻略されてしまったのである。

(どこの誰だか知らないが、ふざけるなよ……！　あのダンジョンの攻略はこのパーティの地位を確立するために必要なことだったというのに)

セグリットは怒りのあまり唇を噛み締めていた。

そんな彼を、隣に座るシンディが心配そうに見つめている。

「それと、皆に一つ伝えておかなければならないことがある」

「この他にも何かあるんですかっ……？」

「――ディオンのことだ」

神妙な顔つきでそう口にするユキの前で、セグリットは自分の血の気が引いたのを自覚した。

それはシンディも同じことだったようで、思わず顔を伏せる。

彼らは仮にとは言えディオンのパーティメンバーだ。

ここで心配している様子を見せなければ、不自然極まりない。

「あ、ああ……見つかりましたか？」

「見つからなかったよ。ダンジョン周辺を探し回ったが、どこにもいなかった」

「……そうですか」

セグリットは顔を伏せる。

傍から見れば、それは悲しんでいる様子に見えないこともないだろう。

実際は吊り上がる口角を隠しているだけなのだが。

「苦しいな……力不足というのは。いや、そもそも私がディオンをダンジョンに連れていかなければ――――」

ユキのその言葉に、セグリットの肩が小さく揺れた。

（力不足……？　僕のリーダーがそんな弱気じゃ困るんだよ）

セグリットは立ち上がると、ユキの後ろに回り込んで肩に手を置いた。

苛立ちを隠し、真剣な顔を浮かべる彼のことをユキは見上げる。

「ユキさん、後悔する気持ちは分かります。ですがディオンも冒険者なんです。それ相応の覚悟を持ってダンジョンに臨んでいたはず。あなたのその後悔は、ディオンに対して失礼かもしれませんよ？」

「……そう、だな」

「ユキさんは今、心が不安定なのです。今はゆっくり休んでください。しばらくの間は我々だけでできることをやっておきますから」

心にもないような言葉を、セグリットは笑顔の仮面をつけながらこぼしていく。

しばし考えたユキは一つ息を吐き、「分かった」と一言告げて立ち上がった。

「しばらくはお前たちに任せる。気分が戻り次第こちらから連絡する」

「分かりました。お任せを」

空元気だろう、ユキは小さく笑ってギルドを後にする。

彼女を見送ったセグリットは、大きなため息を吐いて席へと戻った。

「お疲れ様、セグリット」

「ああ、予期せぬことはあったが、おおよそ計画通りだ」

今までの優男な態度はどこへやら、セグリットは傲慢さを全面に出すように足を組む。

これまで話に加わらず静観を決め込んでいたクリオラも、話に加わる姿勢を見せた。

「黒の迷宮は三大迷宮攻略のために必要なピースだった。それを奪ったやつは許しておけない――

――が、探すにも見当がつかない。しかしSランクダンジョンの攻略なんて偉業を成し遂げたなら、すぐに有名になって目立つはずだ。ダンジョンボスから手に入ったであろうアイテムは、交渉で手に入れればいい」

「それまではどうするの？」

「僕ら三人でAランクダンジョンを回る。Sランクダンジョンにはユキさんがいないと入れないからね」

冒険者はランクに縛られる。

何のしがらみもない存在は、それこそSランク冒険者だけだ。

「三大迷宮を攻略するには、一般的な武器よりもダンジョン攻略で手に入るアイテムが必要だ。今は一つでも多く集めておこう」

「そうね、近くで攻略されてないダンジョンってあった？」

「セントラル周辺では確認されていない。行くならレーゲンだね」

「あー……レーゲンね。私あそこのギルドマスター暑苦しくて苦手なんだけど」

「文句を言うな。無理に会う必要もないんだから」

少々乗り気でなさそうなシンディをよそに、セグリットはクリオラの方へと視線を投げる。

「クリオラもそれでいいか？」

「……ええ、異論はありません」

「どうしたんだい？　浮かない顔をしているが」

「いえ……少し懸念（けねん）が」

「懸念？」

　クリオラは数巡視線を巡らせ、口にするのをためらった様子を見せる。

痺れを切らしたセグリットが先を促せば、ようやくといった形で彼女は口を開いた。

「その、黒の迷宮は私たち以外に攻略に当たっていた者はいなかったんですよね。ならばあの場で可能性があるのは、ダンジョンの下層へと落ちたディオンだけだったのでは、と――」

「ディオンがあのダンジョンを？　あり得ない。君も冗談が言えるんだね、少し面白かったよ」

「ですが……」

「あの役立たずにそんなことができるわけがないだろう。立て続けの戦闘で魔力を枯らした後に、魔術で瀕死に追い込んだうえで魔物の巣に落としたんだ。それに、もし本当に彼が攻略したんだとしたら、ユキさんが見つけてともに帰ってきているはずだろう？」

「それは……そうですね」

　クリオラは自身の矛盾（むじゅん）に気づき、口を噤（つぐ）む。

　生きているのなら、ユキが慣れ親しんだディオンを見つけられないわけがない。

　ディオンがユキと遭遇しないためには、それこそあの場から瞬時に離れられるほどの移動手段がなければ難しいだろう。

彼がそんなものを持っているはずがなかった。

「馬鹿なことを言っていないで、今日のところは出発の準備をしよう。明日にはレーゲンに向かいたいからね」

「分かったわ」

席を立つセグリットとシンディ。

一人残されたクリオラは、視線を落としながら思案する。

「本当に……彼は死んだんでしょうか」

言いようのない不安が、彼女の中に生まれていた。

「不安だ……」

俺は手元にあるナイフを見て、そうつぶやく。

あのギルドでの騒動から一夜明け、ある程度街の案内を終えた俺とエルドラは再びギルドを訪れていた。

明日からダンジョン攻略を目指そうと思っていたさなか、今日は準備に時間を充てることにして装備の点検をしていたのだが――。

「ボロボロだね、そのナイフ」

「ああ……ダンジョンボスと戦ったときのダメージだ」

あのときは必死すぎて意識していなかったが、巨人の一撃を受け流した際に刃が大きく欠けてしまっている。

これではもう使えない。

（ユキと冒険者になるときに買ったやつだったんだけどな……）

もうかれこれ3年ほど前になるだろうか。

決して高い品じゃなかったが、よく持ってくれた方だろう。

「これからはお守り代わりにするとして……新しい武器を買う余裕はないんだよな」

「それ、使わないの？」

エルドラは俺が背負っている漆黒の剣を指さす。

ナイフはある程度扱えるようになったが、正直剣はさっぱりだ。

これを使わなければならないのが、一番の不安要素である。

「でも使わないと扱い方にも困るしな……」

Sランクダンジョンのボスから出たアイテムが弱いわけがない。

扱い方さえ分かれば、もしかしたら一気に戦力アップへと繋がる可能性もある。

最悪扱えそうになければ、売ってしまえばいい。

「ともあれ、今日は依頼を受けて宿代を稼がないといけないからな。ちょうどいいかもしれない」

「依頼？」

「ダンジョン外での仕事だよ」

俺はギルドのカウンター横にある依頼ボードの前に立った。

ここには冒険者が受けられる依頼が張り出されている。

下はFランク、上はAランクまでの難易度が定められており、当然自分に見合ったランクの依頼を受けるべきとされている。

Sランクの依頼がないのは、もはやその難易度になるとSランク冒険者に直接依頼が飛ぶからだ。

「エルドラがいればAランクの依頼が受けられるし、金策としても手っ取り早いな……できれば討伐系がいい」

上から下まで眺めてみて、俺は一つの依頼用紙を手に取った。

オーガの討伐――――。

Aランクの魔物がレーゲンの周辺にある森に現れたようで、その討伐依頼らしい。

報酬は20万ゴールド。

宿が一泊3000ゴールドだから、拠点確保には十分な資金と言える。

日用品も確保しなければならないし。

「これにしよう。今回は俺がこの剣を試すことが目的だから、サポート役として頼めるか？」

「うん。私がディオンを支える」

エルドラの目尻がつんと吊り上がる。

気合が入っている様子だ。

「頼りにしてる。じゃあ、行くか」

俺は依頼用紙を持ち、カウンターにて手続きを済ませることにした。

「いたぞ、オーガだ」

「おっきい」

赤い肌に頭から生える角。

全長は3メートルほどで、筋骨隆々。

それがオーガの特徴だ。

ヘルアントと違い、単体でAランクの脅威度がある。

まさかこんな魔物が街の近くにいるなんて——どうして放置されていたのだろうか。

「ダンジョンボスを見た後だとあれでも小さく見えるけどな……エルドラ、今回はサポート頼む」

「危なくなったら助ける。分かってる」

「悪いな……」

俺は剣に巻き付けていた布を取り、構える。

エルドラに保険になってもらうだなんて男としてはどうかと思うが、死んだら終わりだ。

この剣——確か、神剣シュヴァルツとか言ったっけ。

今日はこれの試し切りの日だ。

「よし……っ！」

様子を窺っていた茂みから、俺は勢いよく飛び出す。

オーガの硬い皮膚を裂けるかどうか確かめるなら、不意打ちからの一撃で十分。

相変わらず体は軽い。

（これなら！）

剣の振り方なんて知らない――が、今の身体能力なら狙ったところに振るくらいならできる。

オーガに肉薄した俺は、跳び上がって首目掛けて剣を振った。

しかし――――。

「――あれ？」

オーガの皮膚で剣は止まっていた。

血は一滴も流れず、オーガは鬱陶しそうに俺を見る。

何だこの剣、一切斬れないじゃないか。

「ディオン、ちょっと離れる」

「え⁉」

気づけば、俺はエルドラに抱えられてオーガの目の前から離脱していた。

それまで俺がいた場所に、オーガの拳が通り過ぎる。

背筋に寒気が走った。

エルドラがサポートしてくれなかったら、きっと背骨の一つでも折れていただろう。

「助かった……！」

「その剣、使えないね」

エルドラが残念そうに剣を見る。

どういうことだろうか、ダンジョンから得られるアイテムが弱いなんてことはあり得ない。

「使い方が悪いんだ……何か、方法……が？」

「どうしたの？」

「いや、今剣が光った気がして」

強く握り直したときに、わずかに光が見えた気がした。

もしや、この剣は――。

「物は試しだ」

俺は剣に魔力を流し込む。

まとわせる、ではなく、流し込む。

ダンジョンボスはこの形の剣で斬撃を飛ばしていた。

きっとこの剣は、魔力で活性化させるタイプ。

『そうだ――それでいい』

（今……何か）

どこからか、また声がする。

それに一瞬気を取られている間に、突然俺の手の中で剣が輝き始めた。

やはり予想は的中だ。

これできっとオーガの皮膚だって斬れるはず――。

「いや、ちょっとこれは……」

黒い光は想像以上に大きくなっていく。

この光はすべて魔力だ。

あまりにも膨らみすぎて、びくともしないくらいに重い。

今のままでは振ることすらままならないだろう。

ならば、一振りにも満たない一瞬だけなら……。

「魔力強化！」

ダンジョンボスを倒したあのときの感覚――それを再び全身に巡らせる。

体の底から力が込み上げてきて、剣が今までとは段違いに軽く感じた。

「いっ……け！」

『オォォォ！』

雄叫び上げて襲い掛かってくるオーガに対し、俺は剣を振るう。

すると聞いたこともないような、高い澄んだ音が森の中に響いた。

「……マジか」

俺の眼前で、オーガの体が斜めにズレる。

上半身が地面に落ち、下半身からは血が噴き出した。

さらに離れた位置にある木々が、同じ角度でズレていく。

どこまで刃が届いたのだろうか、目測ですでに30メートルは届いているように見えるが。

「すごいね、それ」

「ああ、正直これほどまでとは――――っ！」

「っ、ディオン、また反動が」

「わ、分かってる……」

腕が弾け飛びそうなほどの激痛が襲ってくる。

今回は腕だけで助かった。

下手に全身強化なんてものを施せば、今度は死ぬかもしれない。

（これも何か対策が必要だな……）

俺は自分の腕に手をかざし、ヒールを唱える。

やはりかなり深くまで壊れてしまうせいか、二回かけてようやく完治した。

フルパワーで身体強化を施しても、戦える時間はほんの一瞬。

その後は想像を絶するダメージが返ってくる。

例えば少しでも長引く戦闘があれば、それこそ即死するレベルの反動だ。

（体を鍛えればそれなりに耐えられるかもしれないが、どのみち数秒の話だろう……もっと戦闘時間を延ばす方法があれば——）

「その魔法、最初からかけておければいいのにね」

「え？」

「だって、怪我した後に治しても痛いのは変わらないんでしょ？　だから怪我する前にかけておけたらいいのにって」

「……その発想はなかった」

あらかじめヒールをかけておけるような魔術はない。

ただ、この二回の魔力強化で、強化を解くまで痛みを感じたことはない。

つまり魔力強化中にヒールをかけることができれば――。

「ありがとう、エルドラ。何か見えた気がする」

「よく分からないけど、どういたしまして？」

魔力強化と回復魔術の組み合わせ。

これがモノにできれば、きっと新しい道が開けるはずだ。

「オーガの討伐お疲れさまでした。角も納品していただいたので、合計で25万ゴールドの報酬となります」

「ありがとうございます」

たまたま依頼カウンターの担当をしていたシドリーさんに達成報告し、袋に入った金貨を受け取る。

角、というのは、当たり前のことだがオーガの頭に生えていたものだ。

砕いて金属に混ぜると、耐久力が大幅に上がるとか何とか。

「じゃあ俺たちはこれで」

「あ、あの……ディオンさん」

ギルドから出ようとしたところを、シドリーさんに呼び止められる。

振り返れば、彼女は意を決したように口を開いた。

「ディオンさんも、ランク検定を受けてみませんか？」

「え、俺が？」

シドリーさんは冗談を言っている様子ではない。

新人のエルドラが検定を受けるのは分かるのだが、すでにBランクという位置の俺に検定を受けさせる意味が分からなかった。

「いや、俺が今更ランク検定を受けるだなんて——」

「受けてみろよ。ユキ・スノードロップのパーティメンバー、ディオンよぉ」

「っ⁉」

突然、背後から声がした。

振り返れば、そこには赤髪の女が立っている。

「れ、レーナ・ヴァーミリオン……」

「知り合い？」

「一方的に、だけど。ここのギルドマスター——いわゆる一番偉い人で、元Sランク冒険者だ」

「へぇ」

エルドラに目を合わせたレーナさんは、獰猛な笑みを浮かべた。

レーナ・ヴァーミリオンという冒険者は、俺が冒険者になる前に精力的に活動していた伝説的な存在である。

攻略したダンジョンは数知れず、国の危機を救ったこともあるらしい。

パーティとしてこの街に来たときに一度顔を合わせたことはあるけど、こうして近くで会話をするのは初めてだ。

「エルドラだったな。お前の戦いっぷりは見させてもらったぜ。お前ならSランクにだってなれるかもな」

「……あまり興味ない」

「まあそう言うなって。ともあれSランクはすぐになれるわけじゃないけどな。街やら国やら、お偉いさんが認めたやつだけがSランクになれるんだ。まずは実績を積まないと、だ」

「だから、興味ない」

　エルドラは困った顔を浮かべている。

　そんな様子に慌てて助け舟を出したのは、シドリーさんだった。

「あの、ギルドマスター？　今回はディオンさんの話なので……」

「おうおう、わーってるよ」

　レーナさんは頭を掻くと、改めて俺の方へ向き直る。

「ディオン、お前さえ望めばランク検定を受けさせてやる。シドリーがどうしてもお前がBランクにとどまっていることが納得できないんだと。あ、上がることはあっても下がることはないから安心しろよ」

「納得できないって……」

「実はあたしも納得できてねぇんだよ。ユキのパーティにいたときはパッとしねぇやつだなって思ってたんだ。それなのに、お前ブランダルと戦っていたときのエルドラの動きが見えてたんだろ？」

「まあ、かろうじてですけど」

「あたしには見えなかった。こう言えば理解できるか？」

俺は疑いの目でレーナさんを見てしまう。

確かにエルドラは速い。

しかし目で追えない速度ではなかったはずだ。

何か企んでいたりしないだろうか？

「強いやつが難しい依頼をこなさねぇと問題は溜まる一方なんだよ。だからきちんと適正ランクについてもらわないとならねぇんだ。日程は2日後、このギルドの第一訓練場で行う。そこで十分な成果が見られるようなら、お前はAランクに昇格だ。分かったな？」

「……こちらとしても悪い条件ではない、か。分かりました。ぜひ受けさせてください」

「よし、決まりだ。そんじゃユキによろしく言っといてくれ。お前がいるならあいつもこの街にいるんだろ？　たまにはここにも顔出せってさ」

「──分かりました」

そうか、俺はまだユキのパーティメンバーだと思われているんだ。

つい昨日の話だし、把握されていないのも当然か。

「あ、そうだ。言い忘れてた」

ギルドの奥に戻ろうとしていたレーナさんは、突然振り返る。

「ランク検定の相手、あたしだから」

────は？

◆三章　ランク検定

ギルド側からのとんでもない提案を受けた日の夜、無事に宿泊期間を延ばすことができた宿屋のベッドで、俺はため息を吐いていた。

「レーナさんが相手なのか……どうしたもんかな」

「あの人、そんなに強いの？」

隣のベッドに腰かけるエルドラが、興味本位といった様子で問いかけてくる。

「強いなんてもんじゃないと思う。冒険者の中でSというランクは、桁が違うという意味なんだ」

「桁……？」

「Sランク冒険者になるには、それこそAランクの中で逸脱した活躍を見せなきゃいけない。国の危機を救うとか、単独でAランクのダンジョンを攻略するとか……到底まともな人間にはできないことばかりだ」

Sランクというのは、つまりFからAの間では収まらなかった者を指す。

事実上Sランク以上のランクは存在せず、最低限の戦力に合わせた序列だけが定められていた。

「レーナ・ヴァーミリオンっていう人は、Sランクの序列4位まで上り詰めたんだ。加減されたとしても、傷一つつけられないと思う」

「確かに、強いとは思った。でも私からすればだんじょんぼすとあまり変わらない」

ということは、エルドラにとってはレーナさんも一人で圧倒できる存在ということか。

神竜という種族の恐ろしさがどんどん明らかになっていく。

「じゃあ、さっき言ってたユキって人はどれくらい強いの？」

「え……？」

エルドラは真剣な表情で問いかけてきた。

その顔からして、本当はこのことを先に聞きたかったのだろう。

俺たちしか知らない話題が気になっていたに違いない。

「ユキは……約二〇人いるっていうSランクの序列で、歴代最速で3位の座を手に入れた女だよ。俺はユキが負けてるところを、幼い頃から一度も見たことない」

異常さに気づいたのは、6歳の頃。

村の近くに出たBランクの魔物を、ユキが拾った枝で倒したとき。

その日から剣術を覚えだした彼女は、8歳の頃に魔術にも目覚める。

習得が難しいとされていた珍しい系統の魔術を意のままに操り、当時魔術を教えてくれていた講師は腰を抜かしていた。

それから約10年経ったが、ユキの住んでる世界が俺とは違うと理解したのは、ちょうどその頃だったように思える。

「その人がディオンが別れたって言った仲間？」

「ああ、他にも何人かいるけど……」

「じゃあ、その人と私どっちが強い？」

あまりにも意外な質問に、思わず思考が詰まる。

エルドラは強さなんて気にしないものだと思っていた。

しかしその顔は真剣そのものであり、適当な言葉で満足してくれそうにない。

「……率直に言うなら、分からない。エルドラのことだって俺はまだ全然知らないから、底がまったく見えてこない。ユキも同じだ。ずっと近くにいたはずなのに、彼女の底が見えたことは一度もない」

俺だけならともかく、セグリットもシンディも限界まで追い込まれた状態で、ユキだけは涼しい顔で立っていたことが何度もある。

Aランクとして上位にいるであろうセグリットやシンディが何人いても、きっとユキには敵わない。

それはエルドラも同じで、彼女とユキは文字通り次元が違う存在なんだ。

常人がどれだけ追いつきたく思っても、まともな努力では決して追いつけない。

「だから今は分からないんだ。悪いな……」

「――分かった。じゃあ、もし会えたら確かめる」

「へ？」

「ユキって人と戦う。そして確かめる」

「な、何でそんなことを？　別に確かめる必要性なんて……」

「私はディオンの側にいたい。でも、その人が私より強かったら、ディオンは仲間のところに戻るかもしれない。だから――」

エルドラの顔は、途端に不安そうに歪んだ。

まだ俺たちは、完全にお互いを信じ切っているわけではないようだ。

ちゃんと言葉で伝えなければならない。

俺とエルドラは、まだ出会ったばかりなのだから。

「――大丈夫だ。俺は仲間の元には戻らないよ」

「どうして？」

「……別れた、っていうのは嘘だからだ」

自分の境遇に同情する形で一緒にいてほしくなくて黙っていたが、今なら言える。

俺は自分が役立たずと言われ、ダンジョンの底へ落とされたこと、そしてもう彼らの顔も見たくないことを伝えた。

ユキだけは別だが、彼女がセグリットたちの側にいるのであれば会いたいとは思えない。

「俺は元々エルドラから離れる気はないけど、他にもちゃんと理由はあったんだよ。だから、これで少し信じてくれると嬉しい」

「……分かった。信じる。それと、その人たちはすごく許せない。私は嫌い。私を霊峰から落とした同胞を思い出す」

「そうか……すごくマイナスな考え方だけど、俺たちは裏切られた者同士ってことだな」

「ディオンとの共通点になるなら、それはそれで嬉しい」

エルドラのその言葉に、俺は思わず笑う。

彼女も少し遅れて笑い出した。

お互いがお互い、おかしなことを言ったことに気づいたのだ。

「嫌なことを共通点にするなんて、ひょっとして俺も少しは図太かったのかもな」

「ディオンは優しくて、強い。だからあのレーナって人にも勝てると思う」

「……それは別問題だなぁ」

いよいよ話題は最初に戻った。

2日後、俺はあの元Sランクのレーナさんと戦わなければならない。

勝てるだなんて微塵も思えないけど、どうせ検定を受けるならAランクに昇格したいとは思う。

「まともに戦うなら、やっぱり魔力強化で体が壊れないようにしないと……」

「それなら、明日1日練習する？」

「練習？」

「私が相手になる。戦いながら体で覚えた方が早い。多分」


——なるほど。


どのみち戦闘中ずっと使えるようにならなければならない。

それなら体で覚えるという話は間違った練習ではないだろう。

「よし、そういうことなら頼むよ」

「うん、任せてほしい」

エルドラは比較的真面目な顔で、小さく自分の胸を叩くのだった。

「どこにもいない……」

セントラルの中心にそびえ立つ時計塔の上に、ユキ・スノードロップは立っていた。

時刻はもう深夜。

ユキはここでディオンを待っていた。

セグリットたちにディオンのことを報告したのがおおよそ昼の話で、そこから深夜に至るまでひたすらサーチを繰り返していたのである。

彼女のサーチ範囲は、節約しておおよそ200メートル。

街を丸ごと探索できるほど広くはないが、様々な重要施設が密集している時計塔周りであればすべてカバーできる。

ディオンが生きているのであれば、きっとこの辺りに来るはず――そう考えた結果がこれだ。

「この街に戻らないのであれば……別の街か」

ユキは思考を巡らせる。

近くにある街、そして黒の迷宮とも近い街――考え得る限りで、彼女が思いついた場所は一つだけだった。

「――レーゲン」

ユキはそう一言つぶやき、時計塔から下りた。

音一つ立てず地面に着地した彼女は、そのまま自分の家へと歩みを進める。

ユキがセントラルを離れるのは、翌日のこと。

奇しくもセグリットたちの出発の日と重なる。

彼女らがレーゲンにたどり着くのは、ディオンの検定の日であった。

「よし、ちゃんと来たな」

「ええ……まあ」

「んだぁ？　浮かない顔じゃねぇか。面倒くさい条件抜きで1日でAランクになれるかもしれないんだぜ？　もっと喜べよ」

とてもじゃないが、そんな気分にはなれない。

なぜならば、俺の心は今不安に押し潰されそうだからだ。

（結局のところ、今の俺は付け焼き刃。元Sランク冒険者に対してどこまで食らいつけるか――）

「ディオン」

俯（うつむ）き加減だった俺に、横から声がかかる。

そこにはエルドラが立っていて、俺のことを真っ直ぐな目で見つめていた。

「ディオンなら、大丈夫」

「……ああ」

伝説の神竜にそう言われれば、不思議と勇気が湧いてくる。

俺は震えそうになる足を叩き、視線をレーナさんに戻した。

「ほう、悪くない目だ。臆病者は卒業か？」

「はい。どのみち、今の全力をあなたにぶつける以外の選択肢がないですから」

俺の返しがお気に召したのか、レーナさんは口角を吊り上げる。

「はっ、冒険者はそうでなきゃな。どんな時でも冒険心！　それを忘れたやつはいくら賢くったって冒険者としては失格だ。たとえ死んでも、己が満足するためなら突っ走らねぇと」

「れ、レーナさん？　くれぐれも今回の趣旨を忘れないでくださいね……？」

「わーってるよ、シドリー。今回ばかりはあたしは試す側だ」

エルドラの隣に立つ受付嬢のシドリーさんは、心配そうな顔でレーナさんを見つめている。

エルドラの検定のときと違い、今日この場にいるのは俺を含めた四人だけだ。

元Sランク冒険者が検定に出向くとなれば、数多の見学者が現れることは容易に想像がつく。

これはシドリーさんからの提案で、一時的にその立ち入りを止めてもらっているのだ。

だからここでいくら手の内を見せても、俺たちまで目立つということはない。

「んじゃ――――やるか？」

レーナさんは笑みを浮かべたまま、傍らに突き刺していた大剣に手をかける。

ダンジョンボスが持っていた剣に比べれば、それはそれは小さく見えた。

しかしそれはやつが巨人であったが故の話であり、女性が自分の身長と同じ長さの大剣を担いでいるのは、さすがに歪に映る。

「ほれ、どっからでも来いよ。初撃はくれてやらぁ」

「……お言葉に甘えて」

俺は新調した鞘（さや）から、神剣シュヴァルツを抜く。

魔力を込めなければ、この剣はなまくらだ。

肌に当たったところで薄皮一枚斬ることができない。

逆に言えば、模擬戦闘であれば木剣と同じ使い方ができるというわけだ。

ちなみにだが、レーナさんの大剣も刃を潰した訓練用。

もちろんあんな物で殴られれば、刃を潰していても致命傷だけれど――――。

（せっかく初撃をもらえるんだ。やるなら、ここだよな）

目を閉じ、集中する。

意識を戦いへと送る前に、俺は昨日のエルドラとの訓練を思い返した。

「ディオンは今、竜の力を持っている。だから竜の技が使えるはず」

誰もいない森の中、エルドラはまずそんな言葉を俺に告げてきた。

「竜の技？」

「そう、例えば――」

エルドラは少し離れた位置に生えた木へと顔を向ける。

次の瞬間、彼女の口から真っ白な光線が放たれた。

光線は木の中心を消し飛ばすと、他の木々に当たる前に粒子となって消える。

「これが咆哮。魔力を口に溜めて放つ技」

「すごいな……太い木が一撃で吹き飛んだぞ」

「だいぶ加減はした。本気で撃ったら街まで届く」

俺は自分が背中に冷や汗をかいていることに気づいた。

今の加減した一撃ですら、耐えられる気がしない。

当たれば俺の体は今の木と同じく消し飛ぶことだろう。

「この他にもいくつかある。あるけど……多分今のディオンができるようになるとしたらこれくらい」

「いや、それだけできれば十分だ……」

「そう？　でも、これを撃つためにもきっとディオンの体が魔力強化に耐えられるようにならないと難しいと思う」

根本的な問題は、やはりそこだ。

魔力強化を使えば、体が壊れる。

ただ、俺には壊れたものを治す力があった。

「じゃあ、練習するか……魔力強化と回復魔術の同時発動」

「うん。とことん付き合う」

俺がやらなければならないのは、かなり難しいであろう技術の行使。

これをモノにすれば、きっとダンジョンボスと戦ったときの実力を常に発揮できるはず。

エルドラと何度か模擬戦をして、終われば少しの休憩。

これを何度も繰り返しているうちに、気づけば日が暮れてしまった。

「はぁ……はぁ……やばいな、そろそろ帰らないと」

「うん、ここまで使えるようになれば、きっと明日は勝てるよ」

「勝てるかな……あんまりその未来が見えないんだけど」

地面に倒れ込んでいた俺は、体を起こして汗を拭う。

確かに手応えはあった。

回復魔術しか能がなかった俺が、自分の体で戦えている。

それだけでも十分な成果と言えるはずだ。

「そうだ、名前をつけておかないとな」

「何に？」

「新しい技に。今までの魔力強化とはまた違うから、区別しておきたいんだよ」

魔術に名前がついている理由は、その名を口にするだけで発動するよう体に教え込むことができるからだ。

できるだけ分かりやすく、覚えやすいものだと尚いい。

「だったら、とっておきの名前を思いついた」

「え？」

「ディオンが扱うのは、竜の力。だから――」

「――竜魔力強化（ドラゴンブースト）」

俺の体から、金色と緑色が入り交じったオーラが立ち上る。

これを見たレーナさんが、息を呑んだ気配を感じ取った。

「何だよ……そりゃ」

「……行きます」

俺は地面を蹴り、一瞬でレーナさんの眼前へと迫る。

そのまま振りかぶった剣を、彼女目掛けて繰り出した。

「――初撃はもらえるって聞いたんですけど」

「馬鹿言ぇ。防がねぇとは言ってねぇぞ」

しかし、俺の剣はレーナさんの大剣によって受け止められていた。

訓練用の大剣ですら、彼女が魔力を込めれば鋼鉄となる。

今の俺の剣では砕くに至らず、力任せに押し返されてしまった。

「ふーっ、ぶっちゃけ危なかったけどな。防がなかったら終わっちまってたかもしれねぇ。けどそれじゃ試しきれないだろ？」

「こっちは結構今の一撃に賭けてたんですけど……」

正直な話、今のは不意打ちに等しい攻撃だった。

真正面から戦って勝てるだなんて、いくら気持ちで負けたくないと言っても想像することすらできない。

（ただ、通用することは分かった。あとは如何に早く決着をつけられるかだな……）

一度息を吐くと同時に、俺はその時間の分だけ思考を巡らせる。

この竜魔力強化を発動していられる時間は、ただ動くことに集中したとしてもたったの5分。

俺から立ち込める金色のオーラは竜の魔力だが、緑色の方は回復魔術が発動している証だ。

竜の力を使うには、絶え間なくヒールをかけ続けなければならない。

つまりヒールを発動させる魔力が切れるのが、ちょうど5分後となるわけだ。

これが例えばシュヴァルツに魔力を込めれば30秒短縮され、別個で回復魔術を使うことがあれば、その分発動時間は短くなっていく。

（いくら5分動けるからって、決定打にならないことは分かった。なら、リスク承知で隙を作るしかない）

それにしても、不思議な気分だった。

切羽詰まった状況であるはずなのに、どういうわけだか胸が躍る。

（本当に不思議だよ、エルドラ。俺、今レーナさんに勝とうとしてる）

自分がどこまでやれるか試したい。

そんな好奇心が、俺の体を前へと押し出していた。

竜魔力強化を発動してから、すでに2分が経過した。

それだけ時間が経っても、俺は攻めあぐねている。

「ようやく目が慣れてきたぜ？」

「っ……！」

初撃を対応されたのはやはり痛かった。

身体能力に関しては、肌で感じる分には互角——いや、少し俺が上回っているか。

レーナさんがそれをどう補っているかと言えば、経験の差だろう。

俺だって何も考えず攻めているわけではなく、姑息ながら彼女の潰れてしまった目の方向から仕掛けていた。

確実な死角——そのはずなのに、レーナさんはあたかも見えているかのように対応してくる。

（これがSランク冒険者か……！）

一際大きな金属音が響くと同時、俺とレーナさんはそれぞれ距離を取った。

魔力残量からして、すでに3分が経過している。

残り2分。

いよいよ後がなくなってきた。

「……ふーっ」

「お、どうした？　もっと攻めてきてもいいんだぜ？」

レーナさんからの挑発。

やはりもう動きに対応しきられてしまった証拠だ。

しかしそれは、俺が近接戦闘型と刷り込めたという確信に至れる要素でもある。

(負けることにビビるな……とにかく挑戦だ)

俺は息を吸うと、大きくシュヴァルツを振りかぶった。

レーナさんとの距離は目測5メートル。

到底剣が届く距離ではないことを彼女も理解しているからこそ、肩がぴくりと動いたのが見えた。

「……何のつもりだ?」

「プレゼント、ですよ」

「っ!」

俺は踏み込むと同時、レーナさんに向けてシュヴァルツを力いっぱい投げつけた。

目を見開いた彼女は、俺の思惑通り大剣で防御する。

そのとき、ほんの一瞬視界が塞がった。

(ここだ!)

俺は剣を投げると同時に吐き出した息を、今度は限界まで吸い込む。

そしてその空気に魔力を混ぜ込み、口へと収束させた。

「竜ノ咆哮(ドラゴンブレス)――」

エルドラから教わった、口から放たれる魔力の本流。

これだけで1分近く竜魔力強化の時間が短縮されてしまう。

しかし、威力は絶大だ。

「くっ！」

俺のブレスはレーナさんに直接命中することはなく、その眼前の地面を吹き飛ばす。

訓練場中央に土埃が舞い上がり、俺たちの間を隔てるように視界を塞いだ。

「ちくしょう！　見えねぇじゃねぇか！」

レーナさんの悪態が聞こえる。

確かに視界はもう俺も彼女も役に立たない。

しかし、俺には唯一レーナさんよりも確実に勝っていると言える能力があった。

それが聴覚と嗅覚。

竜の耳は風の音を聞き分け、鼻は千里先まで追跡できるほど。

もちろん竜ではない俺にそこまで優れた感覚はないが、目の前の人物がどこにいるかくらい容易に分かる。

(すべての魔力を右腕に……！)

俺はレーナさんの後ろに回り込み、拳を握りしめる。

魔力を察知したレーナさんがそれに気づくが、もう遅い。

これもエルドラに教わった、竜としての力の一端――。

「――竜ノ右腕（レヒト・アルム・ドラッヘ）」

渾身の拳を、レーナさんの胴体目掛けて放つ。

「参った。降参だ」

「っ！」

命中する直前、拳を止める。

そしてまずは魔力強化を解除。

一度回復魔術をかけ直し、痛みが来ないことを確認してから息を吐く。

「さすがに今のを食らってたらやばかった。合格だよ、合格」

「ありがとう……ございました」

とんとん拍子で告げられた言葉に、あまり現実味が出てこない。

勝った——と思っていいのだろうか。

「ってことで、今日からお前はAランク冒険者だ。色々聞きたいことはあるが……まあ、冒険者にとって手の内は商売道具だ。回復魔術師であるお前がどうやってここまで強くなれたのかは聞かないでおく。——が、別の件でお前に聞きたい」

「な、何ですか？」

「どうしてユキのパーティを抜けた」

俺は思わず言葉に詰まる。

この前はかろうじて誤魔化せたが、今日のところはそうもいかないらしい。

「あたしはこの街のギルドマスターだ。街にいる冒険者のことは大体把握している。けど、あんたはいるのにユキがこの街に来たという情報は確認できなかった。他の連中もだ」

「た、たまたま一人でこの街に用があったっていう可能性は——」

「だとしたら何でそいつ(エルドラ)がいる。……別に何か責めようってわけじゃねぇ。ただ、ユキ・スノードロップにとってのお前は大層重要人物だったはずだ。それがどうして離れちまったのか、そこが気になるんだよ」

「別に、重要人物ってほどじゃなかったと思いますけど……」

「謙遜してんじゃねぇよ。あの女はお前の前でしか笑わねぇんだぜ？」

そうだっただろうか。

――いや、俺は自分で見たユキのことしか知らないから、こうして疑問に思うのだろう。

この人は冒険者のことをよく見ていて、信頼できる。

これから世話になる以上、本当のことを伝えておくのは間違ってはいないかもしれない。

「……実は」

俺は事の顛末をレーナさんに伝えた。

自分がパーティにとって役立たずと言われたこと。

ユキには何も言えず、街を出たこと。

エルドラと共に再出発するため、この街を拠点にしていくつもりであること。

そうしてすべてを伝え終えた頃には、レーナさんの顔がかなりのしかめっ面になっていた。

「……セグリットの野郎、元々きなくせぇとは思ってたが、まさか仲間を手にかけるちくしょうだったとはな」

「きな臭い？」

「ああ。聖騎士なんて身なりはしてるが、目が腐ってんだよ。自分以外を下に見ているっつーか。理解できなかったんだよな、ユキが何であんなやつと組んでるか」

「その辺り、あいつは鈍いですから」

「ま、確かにな。とまあ、事情は分かった。嫌なこと聞いて悪かったな」

「いえ、むしろ事情を知ってくれただけありがたいです」

それじゃ俺たちはこれで——。

そう告げてシュヴァルツを拾いに行こうとすると、俺の肩がレーナさんの手によって掴まれた。

「まあ、そう焦るなって。お前らダンジョンに潜る予定なんだろ？　それならちょうどいいタイミングだと思ってよ」

「ちょうどいい？」

「おう。シドリー」

レーナさんがシドリーさんを呼ぶと、彼女は一枚の用紙を持って俺たちへと近づいてきた。

「これは？」

「新しく見つかったダンジョンの情報です。どうぞ」

用紙を受け取って目を通せば、確かにそこには俺の知らないダンジョンの情報が書かれていた。


名称、城の迷宮。

ランクはA。

メインとなる魔物は、中身のない動く鎧系統。

構造は城を模られている——か。


「罠は少なそうですね」

「ああ、調査隊の連中もそれは間違いないと言っていた。もちろん奥には行ってねぇし、不測の事態はいつだって警戒すべきだけどな」

これまでのダンジョンの傾向として、罠の多さなどは構造からある程度予想ができる。

動く鎧——冒険者界隈ではナイト系の魔物と呼ばれているやつらがいるダンジョンは、比較的罠が少ないとされていた。

騎士道とでも言えばいいのだろうか、あまり卑怯な手は使ってこない分、純粋に一体一体の魔物が強い。

罠という不意打ちがない故、腕試しにはもってこいのダンジョンと言えるだろう。

「どうだ？　Aランク冒険者になったお前らなら、挑戦する権利はあるけど」

「願ってもない話です。挑戦してみますよ」

「やっぱりそうこなくっちゃな！　よし、んじゃ今日は改めて解散だ。お疲れさん」

レーナさんは俺の肩を叩き、訓練場から出ていく。

シドリーさんも俺たちに頭を下げた後、彼女に続いてこの場を去った。

「……ぐっ」

「ディオン!?」

エルドラと二人きりになってようやく、俺は膝をつく。

ギリギリだった。

あとほんの数秒で魔力切れを起こし、下手すれば体が壊れてしまっていた。

不思議な高揚感に任せて戦闘中は気にならなかったが、今になって呼吸が乱れる。

正直二度とやりたくはない。

「勝ったとは……言えないよな」

「――うん」

頷いたエルドラを見て、俺は確信する。

最後の一撃、あれを命中させていたら、おそらく俺の拳は砕けていた。

レーナさんは俺が胴体を攻撃すると予想し、そこに全魔力を集中させていたんだと思う。

いくら元Sランク冒険者とはいえ、顔を殴ることに抵抗を覚えていたことを見透かされていたんだ。

そこもまた経験の差というものかもしれない。

「けど、絶対に悪くない戦いだった。竜魔力強化の時間が延びれば、次は本当に勝てる」

「……そうだな」

課題はどう足掻いても魔力量だが、むしろ明確であることがありがたい。

魔力量を増やすなら、毎日魔力が空になるまで使い続ければおのずと容量が増えていく。

「明日からはダンジョン？」

「いや、まだ準備が足りないと思う。情報が少ないし、下見もしないといけないしな」

ダンジョンは実力もそうだが、情報も同じくらい大切だ。

それを得るためには、やはり実際に潜ることがもっとも確実で、もっとも早い。

「ともあれ……今日は帰ろう。だいぶ疲れた」

「うん。また明日から、頑張ろう」

エルドラに手を借りて、俺は立ち上がる。

疲れは酷いが、Aランクになれたことは素直に喜ばしい。

今日は昨日よりもよく眠れそうだ。

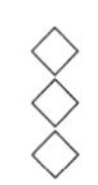

ディオンたちがギルドを後にしてから、しばしの時間が過ぎた。

通常業務に戻った受付嬢のシドリーは、今日の当番である相談カウンターに立っている。

「はぁ……」

彼女の口から、ため息が漏れる。

昼下がりは冒険者が出払っていることが多いため、比較的ギルドは忙しくない。

故に暇そうにしている受付嬢もいるのだが、シドリーのため息は退屈から来るものではなく、どちらかと言えば感嘆から来るものだった。

(ディオンさん……まさかギルドマスターに勝ってしまうなんて)

職業柄、シドリーは冒険者を見極める目には自信がついてきた頃だった。

だからこそディオンの実力がBランクであるはずがないと見抜き、ランク検定を受けさせたのだが――結果的にディオンは彼女の予想を大きく上回っていたのである。

もちろんレーナ・ヴァーミリオンは手加減をしていた。

だとしても埋められない差が、Sランクにはあったはずなのだ。

それを覆したディオンとエルドラという二人の存在は、もはやシドリーにとって目を離すことができない人物となっている。

（もしやこの街から新しいSランク冒険者出現、なんてことになったりして——）

彼女の思考は、そこで打ち切られることになる。

カウンターの前に冒険者が立ったからだ。

「すまない、ここは相談カウンターでいいのかな？」

「あ、はい。その通りです」

立っていたのは、男一人、女二人の三人組だった。

話しかけてきた男は、見たところ聖騎士。

後ろに控えるように立っている二人の女は、片方が魔術師、もう片方が賢者であるように見えた。

「そうか、僕はセグリットという。ユキ・スノードロップのパーティメンバーだ。人を探しに来たんだけど、相談に乗ってもらえないかい？」

「セグリット……ユキ・スノードロップ……！」

シドリーの表情が強張る。

彼らの名前は、ちょうどさっきディオンとレーナの会話の中で聞いたものだった。

「おや、知ってくれていたみたいだね」

「へ!?　ええ、まあ」

セグリットは機嫌よさげに微笑む。

そんな彼をよそに、シドリーは精いっぱい表情を作っていた。

（この人たちが……ディオンさんを陥れたパーティメンバー）

ディオンたちを応援し始めた彼女としては、もちろんこの三人に好感情を抱けるわけがない。

たとえSランクパーティのメンバーだったとしても、許されることと許されないことがある。

彼らは仲間にしてはならないことをした。


——とは言え。


ディオンが生きているということを伝えられない以上は、罰することもできない。

シドリーは一度奥歯を噛み締め、意識を切り替えた後に口を開いた。

「それで、人探しですか。冒険者の方ですか？」

「うん。この街を拠点にしてるブランダルという男を探してるんだ。ランクはA。目立つ男だからすぐに見つかると思っていたんだけど、どうにも姿が見えなくてね」

「ブランダルさん……」

困った表情を浮かべるシドリー。

その訳は、ブランダルの現状にある。

エルドラに敗北した彼は、回復魔術で傷を治した後に自分の拠点に閉じこもってしまった。

塞ぎ込んでいる様子であることはブランダルのパーティメンバーから聞いており、彼らでも姿は見ていないとのこと。

ここにディオンは深く関わらないものの、エルドラのこともできるだけ伏せるべきだとシドリーは判断した。

「体調不良だそうですよ。現在は拠点に籠っているとパーティメンバーの方がおっしゃっていました」

「……そう、なのか。チッ、ダンジョン探索に協力を頼もうと思ってたのに」

「えっと、失礼ですがパーティリーダーのユキさんはどうされたのですか？」

「ああ、体調不良――みたいなものさ。しばらくは別行動となっている。その間は僕らだけでAランクダンジョンに潜るつもりでね」

それに、新しいダンジョンも見つかったそうじゃないか――。

嬉しそうに語るセグリットに対し、再びシドリーの顔は強張った。

ちょうどディオンたちにも新しいダンジョンのことを紹介したばかり。

広いダンジョン内で冒険者同士が鉢合わせする可能性は低いが、最深部がある以上、実力者同士であればいずれかち合ってしまう。

（忠告しに行くべき……？　でも仕事を抜けるわけにも――）

「まあ、仕方ないか。とりあえずブランダルの拠点だけ教えてくれるかい？　一応確認にだけ行こうと思うんだ」

「あ、ああ……申し訳ありません。ブランダルさんの拠点の場所までは把握しておりませんので、彼のパーティメンバーが来るまでお待ちいただけますでしょうか？　ダンジョンには潜っていないようですが、今朝依頼の方は受けていらしたので夕方には帰ってくるかと」

「何だ、そうなのか。……手間だな」

セグリットはふてぶてしくため息を吐くと、シンディとクリオラを連れてカウンターの前を去っていく。

その態度にシドリーがなおさら悪い印象を抱いたのは、言うまでもない。

セグリットたちが街に到着した日の夜、ユキ・スノードロップもレーゲンにたどり着いていた。

静まり返った街の中に、彼女の足音が響く。

しかしそれも街の中心に進めば進むほど目立たなくなっていった。

セントラルほどではないが、レーゲンもかなり栄えている街。

夜であっても人けはあるのだ。

「ディオン……」

ユキはそう一言つぶやくと、さらに街の中央へと向かっていく。

その道中、彼女の前に立ちふさがる三人の男の影があった。

「おう、ねえちゃん。いい女だなぁ……こんな夜に一人で歩いてるなんて、相当寂しい思いをしてるんじゃねぇか？」

「俺たちでよければ相手になるぞー？」

「これでも俺たちCランク冒険者なんだぜ？　体力面でもテクニック面でも満足させてやれると思うんだけどなー」

三人が三人とも、酒の匂いを漂わせている。

相当酔っている様子で、足取りは少々おぼつかない。

そのくせ顔には明らかな欲が浮かんでおり、ユキという女を前に笑みが隠しきれないようだ。

「あれ？　もしかして恋人とかいる感じ？　もしかして遠慮してる？　心配すんなって、前の男よりも絶対に満足させてやるからさ」

先頭にいた男が、ユキの方に腕を回す。

その瞬間、彼女の眉がぴくりと動いた。

「――せ」

「え？　何か言ったか？」

「離せ。邪魔だ」

「あ……え……？」

男たちの体が、ぐらりと揺れる。

次の瞬間、三人とも地面に力なく倒れ込んでしまった。

ユキは自分の肩に腕を回してきた男の体を蹴り退けると、そのまま再び歩き出す。

しばらく進んだ後に彼女がたどり着いた場所は、街でもっとも高い建造物である時計塔だった。

「……っ」

地を蹴り、ユキは軽々と時計塔の壁を登っていく。

やがて屋根の上へとたどり着いた彼女は、広がるレーゲンの街並みに視線を落とした。

「――――こんな夜分遅くになーにしてんだ？　感傷にでも浸りに来たか」

「お前は……」

ユキの近くに、一人の女が着地する。

女は赤い髪をかき上げ、潰れていない方の目でユキの目を見据えた。

「おいおい、忘れちまったのか？　あたしの顔をよぉ」

「忘れてはいない。レーナ・ヴァーミリオン……この街のギルドマスターが何の用だ？　私には覚えがないが」

「いんやぁ？　この街にいる冒険者はほとんど把握してる中で、お前が来たことにも気づいてな。挨拶でもって思ってよ」

「……そんな大層な武器を背負って？」

それまで快活に笑っていたレーナの動きが止まる。

ユキの言う通り、彼女は背中に大剣を背負っていた。

検定のときの刃を潰した物ではなく、戦闘用の物である。

「――セントラルのギルドから注意喚起があってな。お前、街のど真ん中でサーチを使っただろ。有象無象（うぞうむぞう）のやつらのサーチならともかく、お前みたいな馬鹿強い魔力を持ったやつが街中でサーチすれば、生活に必要な魔道具たちにどれだけの影響が出るのか分からねぇのか？」

「何だ、そんなことか」

「あ？」

「それで誰か死んだのか？　そうであるならば罪を償おう。だがそうでないならば、私にだって譲れない目的がある」

ユキの睨みを、レーナは真っ向から受け止める。

そして自嘲気味に笑った。

自分を含め、やはりSランク冒険者ともなると我が強すぎる。

レーナは一度地面に視線を落とし、再びユキに目を合わせた。

「……ディオンを探してんのか？」

「っ⁉」

「お前のパーティメンバーだったよなぁ？　確か。死んだんじゃなかったか？　黒の迷宮で」

「なぜ……お前がそれを知っている」

時計塔の上を突風が吹き荒れる。

それはユキの感情の乱れに影響された、魔力の流れ。

セントラルのギルド職員ならともかく、他所の街の人間がBランク程度の冒険者の死を一々把握
しているとは考えにくい。

ユキの疑いのこもった視線が、レーナを射抜いた。

「へっ、理由を聞きたいか？　なら力ずくで聞き出してみな」

「事によっては……後悔するぞ」

Sランクと元Sランク。

規格外であるはずの二人が、月の光の下で同時に剣を抜き放った――――。

◆四章　城の迷宮

ランク検定があった日の翌日。

俺とエルドラは朝早くから街の中を歩いていた。

今日1日は準備期間。

明日になれば一階層に挑戦してみて、実際のダンジョンの様子を肌で確認する。

「ディオン、何だかあっちが騒がしい」

「ん……？　何かあったのか？」

街の中心に差し掛かったとき、俺たちは人だかりを見つけた。

あそこは確か時計塔だったはず。

気になった俺たちが近づいていけば、騒ぎになっている理由はすぐに分かった。

「何だ……これ」

時計塔の屋根の一部が、綺麗さっぱり吹き飛んでいる。

自然と崩落したにしては、どうにも不自然。

気になった俺は、自分よりも前に来ていたであろう初老の男性の肩を叩いた。

「すみません、ここで何があったかご存知ですか？」

「お？　ああ、夜中に時計塔の上で暴れた冒険者がいたんだそうだ。酔っ払い同士の喧嘩らしいぞい」

「……ありがとうございます」

男性に礼を告げて、俺たちは時計塔の前を離れた。

酔っ払い同士の喧嘩――。

それは確信を持ってあり得ないと言える。

「強いね。戦ってた人」

「ああ、少なくともAランク以上がぶつかり合ったように見えたな」

頑丈なはずの屋根は何度も攻撃されたわけでなく、たったの一撃で崩壊しているように見えた。

そんなことはただの冒険者には難しい。

「でも死人が出ているわけでもないみたいだし、気にすることでもないか」

変に勘ぐってしまうのは俺の悪い癖だ。

意識を切り替えて、俺は冒険者御用達の商店街へと足を向ける。

「今日は何を用意するの？」

「回復ポーションだ。ダンジョンに潜るには必須アイテムだな」

「ぽーしょん？　回復なら、ディオンの魔術があるんじゃないの？」

「俺が買いたいのは魔力回復ポーションだ。エルドラは素の力でそれだけ強いけど、俺は魔力を極端に消費しないとその十分の一にも満たない。とてもじゃないけど最深部までは持たないよ」

とは言え、一応俺が動けなくなったときのためにいくつか治癒のポーションも購入する予定だ。

エルドラに持たせておけば、まず俺の負傷を治し、再び回復役に徹することができる。

「慎重だね」

「……回復をケチって追い詰められる冒険者は大勢いるからな」

ポーションは安くない。

薬草学と魔術の結晶であるが故、高値であることが当然。

だからこそ安値の物を集めたり、そもそも回復魔術師に頼り切りで買わない連中もいる。

そういう連中が陥りやすい状態は、回復役を失うことによるじり貧からのパニックだ。

回復魔術師であっても、俺はポーションを蔑ろにはしない。

死んだら、金など無意味なのだから。

「ここ、か」

しばらく歩けば、薬屋にたどり着いた。

こじんまりした木造の建物だ。

あの後レーナさんにお勧めの店を聞いたところ、ここを紹介してくれた。

「ケール薬店……？」

「ケールっていう人が経営しているらしい。入るぞ」

店の戸を開けて、俺たちは中に入る。

「「うっ！」」

その瞬間、二人して鼻を押さえた。

強烈な薬草の香り。

強いその香りは、鼻が利くようになった俺に対して痛みに等しい刺激を与えた。

体が変化し始めた俺ですらこうなのだから、エルドラの感じた刺激は想像しきれない。

「あら、久々のお客さんだ」

あまりの刺激に涙を浮かべながら顔を上げれば、そこには煙管（きせる）を吹かす女性が座っていた。


――何というか、目のやり場に困る人だ。


胸元はだらしなくはだけており、胸の谷間がはっきりと見えている。

下はズボンらしき物をはいておらず、弛（ゆる）んだシャツで股下がかろうじて隠れている程度だった。

肩に魔術師らしきローブをかけているが、身を守るという役割は到底果たせていそうにない。

（レーナさん……まさか謀ったか？）

遊ばれたのかと嫌な想像が過り、棚に置かれた埃のかぶったポーションへと視線を送る。

しかし、その商品は俺の予想に反していた。

「ハイポーション……！　市場じゃほとんど見ないのに」

「おや、見た目だけで分かるのかい。さてはあんた回復魔術師だね」

「そちらもよくお分かりで……」

埃を払い、ハイポーションの入った瓶を手に取る。

ハイポーションは、ポーションの品質を大きく上回った効能を持つ品物だ。

瀕死の重傷であっても、かけるだけで命の危機を脱することができる。

ポーションであれば飲むことでしか効能がないが、ハイポーションにはそれだけの力があるのだ。

「こっちの方がすごいの？」

「ああ、段違いでな」

「じゃあこっちを買えばいいのか」

「いや……そうもいかない」

俺はハイポーションを棚へと戻す。

ハイポーションの値段は、市場の価格で最低20万ゴールド。

俺たちの予算も、ギリギリ20万ゴールド。

一つ買えたとしても、それ以外の準備に回す予算が消し飛んでしまう。

「俺だって買っておきたいけど、金をケチらないどころかそもそも払えないいんじゃ意味がなくて——

——」

「ほう、そんなに貧乏なのかい？　たかだか1万ゴールドすら払えないなんて」

「え？」

「値札、よく見てみ」

俺は棚に貼られた用紙の文字を読む。

そこには確かに1万ゴールドと書かれていた。

「いや、でもこれ確かにハイポーションなのに……」

「ハイポーションごとき、私ならいくらでも作れるのさ。金ならそれでも取ってる方。ただ材料費は必要だからね、その分さ」

「……マジ、ですか」

「大マジだよ?」

レーナさん、からかったわけではなかったようだ。

しかしそれならば、どうしてここまで客足も少なく埃をかぶっているのか。

「私は特に商売がしたいわけじゃない。何かを得るためには何かを差し出す必要があるだろう？　だから店をやってる」

「金以外の物を求めてる、ってことですか？」

「坊や、察しがいいね。そうさ、私が欲しいのは面白い物や珍しい物。貴重な素材になりそうな物さ。今までにない、誰も作ったことがない薬を私は作りたいんだ」

だからね――――。

ケールさんは煙管の灰を落とし、顔を上げる。

「私はそういう物を提供してくれる者にしか商品を売らない。だから店を広めるような真似もしない。そんな商売をしてたら、いつの間にか客足もこの通りだけどね」

「つまり、俺たちがお気に召す何かを提供すれば、俺たちにもこの価格で商品を売っていただけるということですか」

「そうさ――――で、何をくれる？」

彼女の目が細まる。

そのままの意味で、俺たちを試しているんだろう。

「……」


――どうすればいいんだろうか。


正直そんな珍しい物を持ってはいない。

強いて言うならばこの神剣シュヴァルツだが、武器としてこれ以上の物がすぐに手に入るとは考えにくかった。

となると、出直すべきだろう。

「ねぇ、ディオン。これじゃダメ？」

「いや、何か持ってたっけ……？」

エルドラへと視線を向ければ、彼女は突然腕を上げた。

そして一言つぶやく。

「竜の右腕(レヒト・アルム・ドラッヘ)」

彼女の腕が光を帯びると、次の瞬間には竜の腕へと変化していた。

そして左手で、右腕についている鱗を一つ毟(むし)り取る。

「どう？」

「……こいつは驚いた。あんた、竜かい」

「うん」

エルドラから鱗を受け取ったケールさんは、細めた目のままじっくりとそれを見る。

俺はその間にエルドラの腕を掴み、ケールさんに聞こえない位置まで引っ張った。

「あ、あまり正体を言うなよ……変に注目されたら面倒な連中に絡まれて困ることになるぞ」

「え、それは嫌だ。気を付ける」

「そうしてくれ……」

伝説とまで言われている竜がその辺りの道を歩いているとなれば、注目を浴びないわけがない。

まあ十中八九信じる人の方が少ないだろうけども――。

「安心しなよ、私はそんな軽い口は持ち合わせてないさ。こーんなお得意様を他所に売るなんてもったいないしね」

「え、あ……じゃあ」

「その子の身を削った提供に敬意を表するよ。商品は売る――が、これ一枚じゃねぇ」

ケールさんは顔の前で鱗をひらひらと揺らす。

「何枚欲しいの？」

「そうさねぇ……その腕に生えてる分はいただかないと」

彼女はそう告げてにやりと笑う。

十中八九、冗談だ。

すでに一枚で十分なところを、多めに吹っ掛けているのだろう。

エルドラを試しているんだ。

「……さすがに痛いし、血も出る。あまりやりたくない」

「はっ、だろうね。まあいいさ、買いに来るたびに数枚ずつもらえれば――――」

「でも、ディオンがいるから大丈夫」

そう言いながら、エルドラは突如として自分の鱗をまとめて引き剥がした。

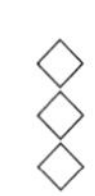

「おい！」

エルドラの腕から血がしたたり落ちる。

俺は慌ててその腕に手をかざし、魔術を発動させた。

「ヒール！」

緑色の光が彼女の腕を包み込むと、皮膚が剥がれた際にできた傷は塞がり、鱗も生えてくる。

これで元の状態には戻せたはずだ。

「ふぅ……」

「ありがとう、ディオン」

「信頼してもらえるのはありがたいけど、心臓に悪いからやめてくれ……」

エルドラは一つ頷き、自分で引き剥がした鱗をまとめてケールさんへと差し出す。

「これだけでもいい？」

「……破天荒（はてんこう）だね、あんた。でも誠意は見せてもらったよ。あんたのその対価に免じて、今日の会計はタダでいい。次からは毎回鱗一枚で取引だ。いいね？」

「それでいいなら」

ケールさんはエルドラから鱗を受け取ると、液体の入った瓶の中にそれを落とす。

おそらくは状態を保存しておくための液体だろう。

「それとそこの坊や、今のは本当にただのヒール？」

「どういう意味ですか？」

「……いや、何でもないよ。それよりさっさと商品を選びな。治療ポーションも魔力回復ポーションも、何だってあるよ」

俺は彼女の言葉に首を傾げる。

ただのヒールの割には効能がいいことに気づいたのだろうか？

とは言えそこまで常軌を逸したものではなかったはずだが――。

「じゃあ、お言葉に甘えて」

俺は新しく購入した魔術師のローブの内側に、魔力回復のハイポーションをしまっていく。

動きに支障がない程度となると、多くて10本が限界。

しかしこの10本すべてをハイポーションで埋められるのは、俺からすれば今までにない贅沢だった。

「エルドラはこれを持っててくれ」

「うん、分かった」

エルドラには、治癒のハイポーションを渡しておく。

彼女の方は新しく革のベルトを着けており、そこにいくつか小さなポーチがついていた。

本来は投げナイフなどをしまっておくためのもので、ポーションならしまえたとしても7本ほどが限界。

少なく感じるかもしれないが、これで俺たちは市場価格で最低でも300万ゴールド以上の品を身に着けていることになる。

そう考えるならば、十分すぎるくらいの装備だ。

「しっかし、まさか下界に竜が下りてくるなんてねぇ。久しぶりに見たよ」

「私以外の竜に会ったことがあるの？」

俺たちの視線がケールさんに集まる。

彼女は煙を吐き出すと、懐かしそうに笑みを浮かべた。

「私はこれでも昔冒険者をやっててねぇ。霊峰に挑んだことがあったのさ」

ケールさんは煙管を咥え、一度吸い、一度吐く。

ゆったりと、そのときのことを思い出すかのように。

「――美しいところだった。この世とは思えないような、ダンジョンよりもよっぽど未知で、そして……壊れていた」

「え？」

「壊れていたのさ。あらゆる法則が。慣性が。常識が。私はともかくとして、当時の仲間は1時間と耐えられなかった」

彼女は顔を伏せ、再び煙管の灰を落とす。

「頂上まではあとどれくらいだったのか……おそらく三割も進んでいなかっただろうね。そこで仲間が二人死んだ。毒の雨が、降ったんだ。解毒のポーションは持っていたけど、それじゃ意味がなくてね。私がその場でとっさに調合して、実験台にした自分を含めて三人助けられた。でも二人は、間に合わなかった」

「そんな……」

「すぐに下山しようとしたけど、そのときに一人死んだ。信じられるかい？　Sランクの魔物が、見たこともない化物に捕食されてたんだ。そいつと1分半戦って、その一人が食われた。結局生き残れたのは、私とレーナだけだったよ」

「……レーナさんのパーティメンバーだったんですね」

「そうさ。……その化物はかろうじて倒せたけど、もう二人そろって動けなくてね。そんなときに助けてくれたのが、竜だった。だから今日は二回目の竜との対面なのさ」

しんみりとした空気の中、煙管から立ち上る煙だけが揺れる。

何と声をかけていいか分からなかった。

仲間に裏切られた俺と、仲間が死んでしまったケールさん。

失い方には大きな差がある。

エルドラの気持ちは理解できた俺だったが、ケールさんの心中を察することはできない。

「――ま、この話はいいのさ。ずいぶん昔の話だし、冒険者にはよくあること。覚悟がないやつはそもそも冒険者なんてやるなってね」

「そう、ですか」

「あんたらもそうならないために、ちゃんと用意はしておきなよ」

ケールさんは今までの表情とは違い、悪戯（いたずら）っ子のような笑みを浮かべた。

あまりにも彼女の言葉には説得力がありすぎる。


――――ダンジョン探索の前にここに来れてよかった。


「客の情報は誰にも売らない。あんたが竜であることも秘密にしておくさ」

「ありがとう。バレるとディオンに迷惑がかかる」

「そこまでは坊やも言わないだろうけど、気づかれないに越したことはないさ。あ、最後に坊や」

エルドラと会話していたケールさんは、突然俺に煙管の先端を突き付けてきた。

「回復魔術はどこまで使える？」

「エクストラヒールまでなら、何とか」

「ほう、優秀だね。じゃあ解毒は？」

「Bランクのディスポイズンが限界です。ヒール優先で勉強してしまって……」

ディスポイズン――要は解毒魔術のことだ。

俺が黒の迷宮で噛まれた奈落蜘蛛レベルの毒でギリギリ解毒できる程度の魔術が、Bランクとなる。

「まあそれが回復魔術の基本だからね。あんたは間違ってないさ。でももっとその魔術を伸ばしたいなら、時間あるときに私のところへ来てよ。坊やの回復魔術は面白い」

「面白い？」

「もっと伸びしろがあるってことさ。損はさせないよ？　私はこれでも元Sランク回復魔術師なんだから」

私が坊やをもっと育ててあげるよ――――。

ケールさんは笑いながら、俺にそう告げた。

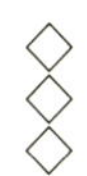

「ふぅ……」

ディオンたちが店を出ていった後、ケールは一人小さくため息を吐いた。

そして入口へと視線を投げたあと、口を開く。

「さっさと入っておくれ。あんたは有名人なんだから、店先にいられると困るんだよ」

「――はいはい、悪かったな」

店の中に入ってきたのは、レーナ・ヴァーミリオン。

彼女は相変わらずへらへらとした態度で勝手に椅子を引っ張り出してくると、それに腰かける。

「・・・その腕、どうしたんだい？」

「これか？　ちっと若い世代のやつと揉めてね。そんときにな」

レーナの腕は、布で肩から吊るされていた。

彼女はあっけらかんとした態度であるが、決して軽傷ではないことはケールの目からは明らかである。

ケールは彼女の側まで移動すると、その腕に手をかざした。

「なるほどね、治してほしくて来たわけだ」

「まあそんなとこだ。頼むわ」

ヒール――――。

ケールがそうつぶやけば、レーナの腕を緑色の光が包む。

「ふぅ、楽になったぜ。ありがとな」

「お安い御用さ。それより、面白い連中を送り込んできたもんだね、あんたも」

「だろ？　今のあたしのお気に入りさ」

「ふーん……」

ケールは普段の席に戻り、煙管に火を灯す。

それを吹かしながら、彼女はにやりと笑った。

「私も気に入ったよ。特にあのディオンって坊や。あの子は私の弟子にする。文句ないね？」

「へっ、あたしはあいつらがどこまで行けるか見てみたいだけさ。文句なんかあるわきゃねぇ。お前こそ、回復魔術師同士仲良くやれよ？」

「回復魔術……ねぇ」

「あん？　どうした首傾げて」

ケールは棚の引き出しからナイフを取り出すと、突然自分の親指に傷をつけた。

そしてそれをヒールで治す。

「坊やの魔術は、ただの回復魔術じゃなさそうなんだ」

「は？　意味が分からねぇな」

「残念ながら私だって理屈で理解しているわけじゃない。ただ、彼の回復魔術はこれまでの世界の常識を覆す——そんな気がするのさ」

「……なるほどね。これもお前の大好きな実験ってわけだ」

ケールは何も言わない。

しかしその顔に浮かんだ笑みが、彼女の意をすべて表していた。

「ここがブランダルさんが拠点にしている宿です」

「ふーん、さすがはいいところに泊まっているね。あ、じゃあ帰っていいよ」

「え？　あ、はい……」

ブランダルのパーティメンバーである男は、セグリットたちに背を向けて去っていく。

残されたセグリットたちの前にそびえ立つ宿は、レーゲンの中でもかなり値段の高い部類に入っていた。

Aランク冒険者として確かな実力がなければ、この宿を拠点にすることなど不可能である。

「ねぇセグリット、本当にブランダルの力を借りるの？」

「どういう意味だい？」

「Aランクダンジョンよ？　今の私たちなら単独攻略だって不可能な話じゃないわ。もう三人で十分だと思うんだけれど」

シンディのその問いかけを受けて、セグリットは呆れた様子で肩を竦める。

「それは僕だって理解しているよ。たかがAランクダンジョンなら僕らだけで容易に攻略できる。ただ、今求められているのは速度だ。黒の迷宮をどこぞの誰かに奪われたのを忘れたわけじゃないだろう？　今は何としても最深部のアイテムを確保しなくちゃならない」

「あ……」

納得した様子で声を漏らすシンディの肩に、セグリットは手を乗せる。

「城の迷宮にはナイト系の魔物が多いと聞く。そうなると鎧に対し魔術攻撃が効きにくいというのは鉄則だろう？　だからこそ君やクリオラとは異なる攻撃手段を持つ人材が必要なんだよ」

僕と同じように前線で戦える者がね――。

セグリットは微笑み、シンディから手を離す。

遠まわしに役立たずと言われたような感覚に陥っていたシンディは、複雑そうな表情を浮かべていた。

そんな彼女に、クリオラが歩み寄る。

「シンディ、私たちはサポートとしてだって活躍できるはずです。そう悔しがる必要は――」

「うるさいわね……最近セグリットに可愛がってもらってるからっていきなり上から目線？　調子乗らないでよね、二番目のくせして」

「っ……そういうつもりでは」

シンディはクリオラを睨みつける。

険悪な雰囲気の二人の間に割って入ったセグリットは、制するように腕を広げた。

「そこまでだ、二人とも。僕らが争う必要なんてどこにもない。それとも何だ？　二人そろって僕を困らせたいか？」

「ち、違うわ！　そんなつもりじゃないの……」

「なら黙ってついてくればいい。僕のことを愛してくれているならね」

シンディの額の髪を退け、セグリットは口づけをする。

途端に顔を赤くしたシンディは、大人しく頷いた。

「では行くとしよう、協力者を迎えにね」

宿へと足を踏み入れた三人は、パーティメンバーに教えてもらっていた通りの部屋へと向かう。

セグリットは目当ての部屋の扉をノックし、声をかけた。

「ブランダル、中にいるのだろう？　セグリットだ。君に協力してほしいダンジョンがあるんだけど……おい、聞いているか？」

「か……帰ってくれ！　俺はまだ外には行かねぇ……！」

「そんなに体調が悪いのかい？　いったいどうしたって言うんだ」

「う、うるせぇ！　俺は……！　俺は……っ！」

部屋の中、ブランダルはベッドの上に蹲っていた。

彼は膝を抱え、怯え切った眼で扉を見つめている。

「お、女に……しかも新人に俺が負けるわけがねぇ……何かの間違いだ……！　何かの間違いなんだよっ！　何か卑怯な手を使ったに違いねぇ……！　俺はAランクなんだぞ！」

いくら自分を鼓舞しようが、彼の表情から恐怖が消えることはない。

あれからブランダルの頭の中には、エルドラとの戦いが何度も反芻されていた。

そのたびに自分に向けられた圧倒的なプレッシャーを思い出し、体が震える。

人生で初めての挫折という名の壁が、ブランダルの歩みを完全に止めてしまっていた。


『――匂うな、お主』


突然耳元で何者かの声が聞こえ、ブランダルの体が跳ねる。

そしてベッドから飛び退いた彼は、近くに立てかけてあった予備の斧に手をかけた。

「っ!?　だ、誰だ!?」

『匂うぞ。微かだが、やつの匂いがする。やはり生きておったなぁ』

「誰だって言ってんだよ！」

ブランダルは闇雲に斧を振り回すが、手応えが生まれることはなかった。

そんな彼の背後に、黒色の靄が集まり形を作り出す。

まるでそれは薄暗い部屋の闇の集合体。

かろうじて人型であると分かるその何かは、後ろからブランダルの首に腕を絡めた。

『生憎やつは匂いの消し方を知っている。直接接触したくとも堂々巡り。――が、一瞬力を使ったようだ。貴様から感じるのはその残り香か』

「さ、さっきから訳が分からねぇことばかり言いやがって……っ！」

『お主は知らなくていい。ただ、我の思惑通り動けばいいのだ』

「がっ……な、何だ……？　頭が……」

黒い靄が、ブランダルの耳や鼻、口から中へと入り込んでいく。

やがてすべての靄が吸い込まれたと同時に、彼の体は数度の痙攣を起こした。

そしてそれが治まれば、彼は何事もなかったかのように体を起こす。

「城の迷宮に……行かなければ……」

ブランダルは立ち上がり、部屋の入口へと向かう。

扉を開ければ目の前には驚いた様子のセグリットが立っており、二人はそこで目を合わせることになった。

「あ、荒れてたようだが……大丈夫かい？　落ち着いた？」

「……ああ、悪ぃな。何でもねぇ。城の迷宮に行くんだろ？　俺にも一枚噛ませてくれ。体が鈍っちまう前にな」

「よし、助かるよ。出発は明日だ。十時には街の南門に集合。それまでに準備を整えておいてくれ」

「おう、分かった」

笑顔を浮かべたブランダルは、自室の扉を閉める。

セグリットは唖然とした様子でそれを見送った。

（あんな風に笑う男だったか……？）

疑念を抱きつつ、セグリットは二人を連れて宿を出る。

ブランダルの身に起きたこと――それを理解できる者など、この場には一人として存在しなかった。

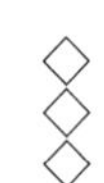

「――あらかた準備は終わったかな」

俺は朝よりも荷物が増えて重くなったローブを正す。

ケールさんの店でポーションを仕入れ、今出た店でナイフを数本買った。

エルドラは武器を使用しないから、持つのはポーションだけ。

正直緊急脱出用の転移の魔石を購入しておきたかったが、あれは一つ30万ゴールドする。

今の資金力では到底買えそうにない。

「これからダンジョンに行くの？」

「下見にな。浅い階層で、危険を冒さない程度に魔物を狩る。上手く行けば転移の魔石を買えるだけの資金が貯まるから、手に入れ次第さらに深く潜る予定だ」

少し慎重すぎるだろうか、そう自分に問いかける。

それでもここで首を横に振った。

準備などいくらしてもしたりないのがダンジョンの鉄則。

三大ダンジョンと、これから攻略に当たる城の迷宮――難易度に差はあれど、心構えは同じでなくてはならない。

「よし、行こう」

「うん。ちょっと楽しみ」

俺はエルドラと共に街の外へと向かう。

ダンジョンの位置はレーゲンから南の方角だ。

かれこれ数日前に、城のような建造物が突然現れたらしい。

馬車に乗れば一時間ほどでたどり着く。

「街の南側から馬車が出てるらしい。まずはそれを確保しに行く」

「分かった――――ッ!?」

突然顔色を変えたエルドラが、その場で振り返る。

そこに何かいるのかと俺も視線を送るが、何かがいるようには見えない。

「……どうした？」

「ん……何でもない」

エルドラは顔を前に戻すと、そのまま歩き出す。

そんな様子に疑問を覚えながら俺も歩き始めると、彼女は表情を見せずに一つ声をかけてきた。

「ディオン、この街にいる間は私から離れないでね」

「……どうしてだ？」

「どうしても。お願い」

「……分かった」

いつにもまして真剣なその口ぶりに、俺はただ了承することしかできなかった。

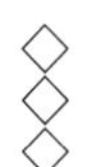

「……でかいな」

俺は馬車の荷台から顔を出し、徐々に近づいてくるその建造物を見ていた。

城の迷宮――その名の通り、確かに外見は城と形容できる。

ダンジョン特有の歪さはあるが、この前の黒の迷宮より人工物感が強い。

「頂上、高そう」

「だな……けど建造物系のダンジョンは気持ち的には楽なんだ」

「そうなの？」

「地下に伸びているダンジョンは全体像が分からないからな。どれだけ潜れば最深部なのか、そういったことも予想できない」

その点、頂上が見えている建造物系はおおよその階層の数が予想できる。

見たところ１００階層はなさそうだが、横にはかなり広そうだ。

「お客さん、そろそろ着きますぜ」

「分かりました、ありがとうございます」

「おう、頑張りな」

馭者（ぎょしゃ）に馬車の料金を渡し、俺たちはダンジョンの前へと降り立つ。

近くで見ると尚のこと巨大なダンジョンだ。

すぐにでも入りたいところではあるが、まずは入口前に設置されたギルドのキャンプで受付を済ませなければならない。

誰がダンジョンに入ったか、誰がダンジョンから出たかというのを把握しておくための制度だ。

加えてどのくらいの期間滞在するかを伝えておくことで、それを過ぎてしまったときに救助隊が派遣される。

「新規冒険者の方々ですね。こちらに記入をお願いいたします」

ギルドの受付嬢がテントの中に立っており、俺はその前に立って目の前の書類に名前を記入する。

滞在時間は、6時間。

下見には十分と見積もった数字だった。

「はい、ディオン様ですね。では、ご武運を」

書類を回収した受付嬢に見送られ、俺たちはダンジョンの入口である巨大な門の前に立った。

ユキたちがいる状態ですら緊張していたのに、今日はそこまで体の強張りがない。

やはり俺の中でエルドラという絶対的存在が気持ちの支えになっている。

「戦術は黒の迷宮のときと同じだ。長時間戦えない俺は後ろで支援。基本的な戦闘はエルドラに任せる」

「うん、問題ない。ディオンには指一本触れさせない」

「説得力が違うな……一応定期的に指示は出すから、それ次第で俺にも魔物を回してくれ。とにかく今回は慎重に」

俺は今一度装備を確認し、深く息を吐いた。

「よし――――行くぞ」

ダンジョンの壁は、艶のある石でできていた。

所々に扉のような物があったり、天井からはシャンデリアが垂れていたりと、やはり城をテーマに作られている。

しかしその扉は開くわけではなく、シャンデリアも明かりとしての役割を果たしていなかったりと、何かしらがおかしい。

まるで人の作り上げたものを真似して作られた場所のようだった。

「サーチ……」

俺は魔力を廊下に飛ばす。

感知できた反応は二つ。

進行方向に立ちはだかるように存在しているため、接触を免(まぬが)れることは難しい。

「敵は二体、これから接敵するぞ」

「分かった」

足を進めること数十秒、廊下の先に二つの人影が見えた。

白い鎧を身にまとっているように見えるが、中に人がいるわけではない。

その鎧自体が魔物なのだ。

名称はホワイトナイト。

魔物としてのランクは単体でCランク。

おそらくこのダンジョン内でもっとも低級の魔物だろう。

「ナイト系の魔物の特徴なんだけど、基本的に魔術攻撃は効きにくい。どうやらあの鎧自体の魔術耐性が高いみたいなんだ。それに刃のある武器での攻撃も効きにくい。一番有効なのは、打撃系の武器だな。エルドラなら殴る蹴るが早いと思うけど」

「分かった。とりあえず試してみる」

ガシャンガシャンと金属音を鳴らしながら、ホワイトナイトは俺たちへと向かってくる。

それぞれ剣と槍を持っており、一歩前に出ていたエルドラに向けて攻撃を仕掛けてきた。

「遅い……」

エルドラは少々不満げに声をもらすと、突き出された槍を手でそらし、横なぎに振るわれた剣をもう片方の手で受け止めた。

ホワイトナイトの攻撃ではエルドラの皮膚すら斬り裂けないらしい。

「ふっ――」

エルドラは剣と槍を押さえたまま、片方のホワイトナイトの顎を蹴り上げる。

一際大きな音がしたと思えば、吹き飛んだ鉄仮面が天井にぶつかり落ちてきた。

そしてもう片方のホワイトナイトの鉄仮面を掴んだ彼女は、そのまま力任せに握り潰す。

まるで生物かのように痙攣した後、二体のホワイトナイトは床に倒れ動かなくなった。

理屈は分からないが、弱点は人と同じらしい。

「終わった」

「助かったよ。素材は……持っていけそうにないな」

ナイト系の魔物は、倒すとただの鎧となって辺りに散らばる。

中にはそのまま鎧として使う冒険者もいるらしく、売ればそれなりの金になることは分かっていた。

問題は、かなりかさばるという点。

とてもじゃないが持ち運びには適していない。

「まだ進む？」

「ああ、とりあえず次の階層へ続く階段を見つけるまでは進もうと思う。やり方は今と同じで」

「分かった」

頷くエルドラと共に、再び廊下の先へと足を進める。

このフロアに出てくる敵はホワイトナイトだけのようで、当然のことながらエルドラの敵ではない。

出現するたびに瞬殺され、廊下に彼らだった物が散らばっていく。

このままのペースなら、第1階層だけで引き返すのはもったいないかもしれない――そう思っていた矢先のことだった。

「また出てきた」

目の前に今度は四体のホワイトナイトが現れる。

これまで通りエルドラが戦闘に入るのだが、俺はどこか嫌な予感を覚えていた。

（まだ1階層とは言え、魔物が一種類しかいないというのはあり得るのか……？）

少し前の俺であれば、むしろホワイトナイトしかいないことは幸運と考えていた。

しかしどういうわけだか、今の俺の勘が警鐘を鳴らしている。

「ん……？」

俺はふと、エルドラの足元に視線を向ける。

それと同時に、とっさに彼女の元へと駆け寄った。

「――ふぅ、間に合った」

エルドラの影。

その影の中から、彼女の背中に向けて槍が一本飛び出してきていた。

俺の手はかろうじてそれを掴むことに成功する。

そのまま槍を引けば地面に伸びていた影がさらに広がり、その中からゆっくりと黒色の騎士が現れた。

「影の向きがおかしいと思ったんだ。シャドウナイト……まさかAランクの魔物がこんなに早く登場するなんてな」

影に擬態(ぎたい)することのできる魔物、それがシャドウナイト。

ナイト系の魔物の中では唯一と言っていい魔物らしい卑劣さを持っている。

真正面から戦闘に応じるホワイトナイトとは真逆の存在と言ってもいい。

「エルドラ！　そのまま目の前のやつらを倒してくれ」

「っ！　分かった」

俺は目の前のシャドウナイトへと肉薄する。

影に戻られると逃げられてしまうかもしれない。

今・ここで全力をもって仕留めることが、おそらく最善だ。

（1秒――――竜魔力強化(ドラゴンブースト)！）

瞬時に全身に魔力を張り巡らせ、拳を引き絞る。

やはりシャドウナイトは影に戻るべく足から形を崩し始めるが、それよりかは俺の方が速い。

繰り出した拳は真っ直ぐ胴体の中心を穿(うが)ち、シャドウナイトは胸元を大きく陥没させながら壁に叩きつけられた。

「ふぅ……何とかなったな」

「驚いた。まさかこんな魔物もいるなんて」

ホワイトナイトを片付けたエルドラが、今しがた崩れたシャドウナイトの残骸を見てつぶやく。

その隣で、俺は少し焦っていた。

AランクダンジョンにAランクの魔物がいることはおかしな話じゃない。

おかしいのは、Aランクの魔物が1階層に出現していること。

ダンジョンは最深部へ潜れば潜るほど魔物も強くなる傾向がある。

つまりこれより奥の階層にいる魔物は、シャドウナイトよりも強い可能性があるということだ。

そうなれば、このダンジョンはAランクどころじゃない。

「エルドラ、すぐにギルドへ行こう。もしかしたら……調査隊の評価自体が間違っている可能性がある」

エルドラが頷いてくれたのを確認し、俺はダンジョンの外へと踵を返した――――。

予定よりも早くダンジョンを出た俺たちは、馬車ですぐに街へと戻った。

それでも時刻は夕方。

もうすでに犠牲者が出ている可能性があるが、それを確認する術はない。

少なくとも、早く再調査を依頼しなければ犠牲者が増えることは間違いない気がする。

（どうしてシャドウナイトが出るのに、Aランクダンジョンに定められたんだ……？）

調査隊とてプロフェッショナルだ。

万が一にもダンジョンの評価を間違えることなんてないはず。

となると考えられるのは、調査隊が潜入した際にシャドウナイトが出現しなかったという可能性。

だとしたらなぜ出現しなかったのか――――。

「――ディオン？」

「え……？　あ、悪い……どうかしたか？」

「もうすぐ着く」

窓の外へ視線を向けてみれば、確かにレーゲンが近づいてきていた。

考え込んでいる間にかなり時間が経ってしまっていたらしい。

「今って、すごく大変な状況？」

「そうだな……いつ事故が起きてもおかしくない状況、かな。Aランクダンジョンだと思って挑戦した連中が、軒並み危険にさらされるかもしれない」

「それは確かに大変」

「再調査を依頼して早いところランクを付け直してもらわないとな」

それからすぐに、馬車は出発した場所と同じ場所に到着した。

もうすでに日は沈みかけで、そろそろ商店街も閉まり始める頃。

ギルドも夜中まで開いているわけではないため、まだまだ急がなければならない。

かろうじて間に合ったと確信したのは、ギルドの前でシドリーさんが片付けを始めたのが見えたからだ。

「シドリーさん！」

「あ、ディオンさん！　よかった、お話ししたいことがあったんですよ」

「へ？」

ひとまず中へどうぞ――――。

そう口にするシドリーさんについてギルド内に入れば、職員たちがすでに清掃を始めていた。

冒険者の数は限りなく少ない。

閉まり際に何とか転がりこめたといったところか。

「今日はダンジョンに潜られていたんですか？」

「そうですけど……」

「……実は、ディオンさんの元パーティメンバーの方々が昨日訪ねてきまして」

「――っ」

思わず息を呑んでいた。

ありえない話じゃないことくらい分かっている。

しかし、必死に気づかないようにしていた。

遭遇するにしても、早すぎる。

せめて長い時間さえあれば、向き合い方も変わったかもしれないのに。

「近日中に城の迷宮に挑むそうです。なので一応ディオンさんにお伝えしておくべきかと思いまして……」

「あ……ありがとうございます。そうだ、その城の迷宮の話なんですけど」

「はい？」

俺は迷宮で起きたことをすべてシドリーさんに話した。

Aランクの魔物が1階層で出現したこと、それに伴ってもう一度調査をしてほしいこと。

話を聞いてくれていたシドリーさんの顔は徐々に青くなり、終わった頃には蒼白（そうはく）と言っても過言ではなくなっていた。

「それが確かならまずいです……！　Aランクダンジョンなので挑戦権を持つ冒険者の方はかなり少ないですが、それでも数組のパーティが挑む意思を見せてました。すぐに調査隊の再手配をさせていただきます」

「お願いします……」

シドリーさんは清掃中の職員数名に声をかけながら、カウンターの奥へと戻っていく。

俺たちの役目も今日はここまでだ。

乱れに乱れた感情を整えるため、俺は深い息を吐いた。

「ディオン、大丈夫？」

「ああ……大丈夫だ」

これは強がりだったかもしれない。

自分を殺そうとした連中が近くにいるなんて、落ち着けるわけがなかった。

もし、セグリットたちと対面したとき、俺は果たして冷静でいられるだろうか——。

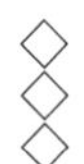

翌日、俺たちはギルドから呼び出しを受けていた。

城の迷宮の再調査の件だ。

「ディオンさん！　こちらです！」

ギルド内に入ってみれば、シドリーさんとギルドマスターのレーナさんの他に、数人の冒険者らしき装いの連中がいた。

しかしよくよく見てみれば、冒険者ともまたどこか装備が違う。

「彼らが本日調査を行ってくれた調査隊の方々です」

「え、もう終わったんですか？」

日は昇り切っているが、時刻はまだ午前中。

朝から動き始めても、まだ帰りの馬車が到着できない時間だ。

そのように疑問を抱いていると、調査隊のリーダーらしき男性が口を開く。

「我々は緊急を要する場合、転移の魔石の使用が許可されている。緊急事態の場合は何よりも速さが求められるからだ。そして、肝心な調査の結果だが――」

彼は部下が持っていた紙を手に取り、読み上げる。

「城の迷宮の上層にシャドウナイトが出現したという証言の下再調査を行った結果、3階層まで調査の手を伸ばしたもののホワイトナイト以外の魔物は出現しなかった」

「え……？」

「以上のことから、城の迷宮はAランクではなくむしろBランク相当のダンジョンと結論付けられる」

唖然とする俺の前で、男性は紙をシドリーさんへと手渡した。

「再調査の依頼、感謝する。おかげで正当な評価ができた。これでAランク以上の冒険者が利益を独占するという事態を防げた」

「ま、待ってくれ！　シャドウナイトが出現する以上Sランクダンジョンと言っても差し支えないはずだ！　それをBランクに定めたら多くの被害者が――」

「――貴様、我々の調査が信用できないと言うのか？」

複数の敵意交じりの視線が、俺を射抜く。

リーダーの男だけでなく、全員が俺の言葉に反感を抱いたようだ。

「我々調査隊はいくつものダンジョンを調査し、貴様ら冒険者に貢献してきた。それに伴い確かな自信とプライドを持っている。俺たちの調査にケチをつけるということは、最大の侮辱に繋がることを理解しているか？」

「俺たちはそんなつもりで言ってるんじゃない……！　本当にシャドウナイトに襲われたから言ってるんだ」

「その話も本当かどうか疑わしい。自分たちの実力が足りずに撤退したから、ダンジョン自体のランクを否定することで言い訳したかったんじゃないのか？　運よく適正以上のランクになってしまった馬鹿な冒険者が、実際にこの手をよく使う」

調査隊の面々から、嘲笑が投げかけられる。

実際、俺たちは間違いなくシャドウナイトに遭遇した。

それすらも嘘だと否定されてしまえば、話はそもそも進まない。

しかしそこで口を挟んだのは、これまで黙っていたレーナさんだった。

「おい、こいつのランクを評価したのはあたしだ。お前らの仕事を否定する気はねぇが、こいつのランクを否定するならあたしの評価を否定することになるってのを覚えとけ」

「そうでしたか。それは失礼しました」

リーダーは素直にレーナさんに頭を下げる。

ただ、その声から真に罪悪感を抱いているようには感じられない。

レーナさんもそれに気づいているからか、複雑そうな表情を浮かべている。

「……それで、お前らの調査は本当に確かなんだな？」

「ええ、もちろん。我々は実力と共に探索能力に長けた者だけで構成されています。手分けしてフロア全体にサーチを放つことなど容易いですし、それだけのことをしてもホワイトナイト以外の魔物は確認できなかったのです。最後には我々自身の足で隅々まで調査済みですし」

「……はぁ。長年この街お抱えのお前らを信じねぇわけにはいかないか」

レーナさんはため息を吐くと、一瞬俺たちに向けて申し訳なさそうな顔を浮かべた。

「念には念を入れて、城の迷宮はAランクのままとする。Bランクにするかどうかはもう少し様子を見るっつーことで。調査隊はそれでいいな?」

「我々の評価が間違っていなかったということなので、それで構いません」

「ディオンたちも納得してくれるか?」

――ここで食って掛かっても、立場が悪くなるだけか。

俺はレーナさんの問いかけに頷く。

もはやBランクにならなかっただけマシとしか言いようがなかった。

「では報告も終わりましたので我々はこの辺りで。これからは妄言など吐かないようにな、冒険者」

調査隊が俺の脇を通り過ぎていく。

彼らからすれば、俺はいい笑い者らしい。

最後まで小馬鹿にしたような視線が送られていた。

「……すみません、まさかこんなことになるなんて」

「いえ……ギルド側にも非はないですから」

シドリーさんは誠意のこもった謝罪をしてくれたが、それを受け入れるのはまた違う。

調査隊も嘘を言っているわけではなかった。

腹の立つ言い方だったが、彼らが調査隊として優秀なのは気配で分かる。

実際調べてみて存在しなかったのだから、そう言うしかなかったのだ。

だからこそ、俺の頭は酷く混乱していた。

「……一応、ギルド側で注意は促しておく。お前らもご苦労だったな」

「ありがとう、ございます」

レーナさんの労いを受け、俺は何も言わずに待っていてくれたエルドラと共にギルドを出る。


心の底から湧き上がる嫌な予感——それだけを胸に抱えて。

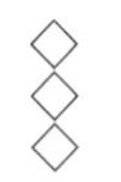

「……なぜ僕らがこんなに待たされなければならないんだ」

セグリットは乱暴に椅子に腰かけながら、悪態を吐いた。

彼らのパーティは今、城の迷宮前に設置されたキャンプにいる。

「仕方ないじゃない。調査隊が依頼を受けて再調査するっていう話なんだから」

「そんなことは分かっているさ。だけどシンディも知っているだろう？　一度ランクが定められたダンジョンに再調査を依頼するようなやつは、自分が攻略できなかったことに対する言い訳が欲しいだけだ」

「それはまあ……基本よね」

「僕が怒りを感じているのは、そんな情けない冒険者のせいで足止めを食らっていることに対してだ。どうせ運だけでランクを上げた雑魚なんだろう」

彼が怒りに任せて机を叩けば、それに驚くシンディの肩が跳ねる。

クリオラとブランダルは何も言わない。

ただ静かにダンジョンが解放されるのを待つのみだ。

「チッ、おいブランダル。今日はやけに静かじゃないか。いつもなら真っ先に苛立っていたのは君だろう？」

「まあ、な。けどオレは気づいたんだ。怒るやつほど余裕がねぇってことにな。だから変に焦らねぇよう気ぃつかってんのよ。お前もそうしとけって。どうせ何を言ったたって早く入れるようにはならねぇんだからよ」

「っ……僕に偉そうな口をきくな」

怒りの形相を浮かべつつも、セグリットはそれ以上ブランダルに噛み付こうとはしなかった。

疑念が、生まれたからだ。

セグリットにとって、ブランダルはこういう男ではない。

プライドが高く自分を曲げることを何よりも嫌う、そういう男であったはずだ。

少なくとも、他人を諭すために言葉を吐いているところを見たことはない。

それがかえってセグリットを冷静にさせた。

重い沈黙のまま時が流れる。

その沈黙を破ったのは、恐る恐るといった様子で現れたギルド職員だった。

「お待たせいたしました！　調査の結果やはり異常がないことが分かったので、もう探索に出ていただいて大丈夫です」

「ふん、ようやくか。やっぱり負け犬の調査依頼だったみたいだな」

「あ、探索時間はどれくらいにいたしましょう？」

「12時間。Aランクダンジョンなんて、それだけあれば十分さ」

行くぞ、というセグリットの言葉に従い、彼を含めた四人は城の迷宮の入口へと向かっていく。

それが地獄の入口であったことを、このときは誰も理解していなかった。

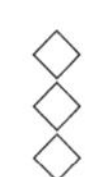

「はぁ……」

「ディオン、大丈夫？」

「ああ、小馬鹿にされるのは慣れてるからな」

俺はエルドラと共に、商店街をとぼとぼと歩いている
今日はもうダンジョンに潜る気も起きず、とはいえ休むのにもまだ早い時間ということで、手持ち無沙汰で彷徨う羽目になった。

「それに彼らも嘘で誤魔化しているわけじゃなさそうだったし、俺たちも証拠を用意できなかったからな……あのシャドウナイトも一体だけしかいなかったのかも――」

そこまで言って、俺は口を噤んだ。

シャドウナイトが一体しかいない、そんなわけがあるか。

ダンジョン内に一体しか存在しない魔物など、道中にいる門番のような強力なやつらか、ダンジョンボスだけだ。

昨日から嫌な予感は強まるばかり。

まるでダンジョンに弄(もてあそ)ばれているかのような、そんな感覚。

「まさか……おびき寄せている……？」

「どういうこと？」

「ランクを誤認識させて、侮(あなど)った冒険者を引き入れて潰す……ホワイトナイトで油断を誘い、不意打ちに強い魔物で背後を取るとか――」

――いや、あり得ない。

それならもっと弱く見せる方が効率的だ。

今のままではAランク冒険者しか来ない。

ましてやこんな方法、まるでダンジョンが意思を持っていると言っているようなものだ。

そんなことはあり得ない。

あり得ないのだが……。

「やっぱりどんなことでも伝えておいた方がいいか……」

「私にはまだダンジョンのこととか、冒険者のことは分からないけど……ディオンがした方がいいいって思ったなら、そうした方がいいと思う。何があっても手伝うから」

「……ありがとう、エルドラ。そうだよな、一回でめげてもし被害が出たら、俺はきっと自分が許せない」

どこまで行っても、エルドラは味方でいてくれる。

また心無い言葉を言われたって、今なら耐えられる気がした。

足を止め、後ろを振り返る。


——その瞬間のことだった。


「ほーら、やっぱり駄々をこねようとしてやがったぜ」

目の前に四人の男女が現れたのだ。

その顔触れは、冒険者ギルドで対面した調査隊にいた連中の一部。

彼らは嘲笑を浮かべながら、俺の方へと一歩近づいてくる。

「おい、冒険者。ちょっと面貸せ」

「……今からレーナさんに用があるんです。退いてくれませんか」

「悪いが拒否権はねぇ」

大柄な男が、俺の胸倉へと手を伸ばしてきた。

しかし、それをエルドラが横から掴む。

「ディオン、退かないなら……退かす？」

「……待ってくれ。ここじゃまずい」

俺は周囲へ視線を巡らせる。

すでに通行人の一部が俺たちに注目し始めていた。

今問題を起こせば、組織の力がある向こうが有利。

ため息を吐いた俺は、エルドラの肩を叩いて手を離させる。

「分かりました。どこへ行けばいいんですか？」

「チッ、こっちだ。ついてこい」

一度でも素直に従わなかったことが不服なのか、調査隊の連中は不満げに路地裏の方を指し示す。

連れられるようにしてその先へと向かっていけば、やがて商店街の建物に囲まれた小さな広場のような場所に出た。

店の裏口からゴミ捨て場に使われているらしく、嫌な臭いが鼻につく。

エルドラも同様にしかめっ面をしているが、ケールさんの店よりはマシだと感じているのか文句は言わない。

「あんたらをこうして人けのないところに連れてきたのはな、たっぷりとお灸をすえるためだよ」

「っ⁉」

この場に来た途端、大柄な男は俺に向かって蹴りを放ってきた。

腹に衝撃を受けた俺の体は吹き飛び、真後ろに放置されていた樽を豪快に破壊する。

「はっ、いっちょ前に手を挟み込みやがった。Aランクになる条件をスルーできただけのことはあるな」

「……どうも」

俺は樽の残骸を退かしながら立ち上がり、埃を払う。

彼の殺気に気づいたときには、すでに腹を手で守っていた。

危機察知能力は日に日に高まってきている。

この程度の一撃であれば、強化状態でなくとも問題なさそうだ。

「どうして、こんなことを？」

「簡単よ。二度と再調査なんて依頼させないため」

いつの間にか背後に回り込んでいた女が、雷をまとった掌底を繰り出してくる。

とっさに転がってかわすが、わずかに掠ったらしく衣服の一部から煙が上がっていた。

近接でも使える魔術――かなり厄介なものを持っているようだ。

「俺たちのリーダーのロギアンさんは表立って動けねぇからな、代わりに俺らが後始末してんのよ。あんたらみたいな言い訳野郎どものな」

ロギアン――あの先頭に立って話していた男か。

「だから……言い訳じゃないって言っているだろ」

「言い訳だっつーの！　俺たちの調査は絶対だ！　それなのに一度依頼を出したあんたらみたいな連中は、諦めきれずに何度も調査依頼してくるんだよ。『俺たちに攻略できないなんて、やっぱりおかしい！』ってな！　迷惑でしかねぇんだよな、本当に。何度ダンジョンを調査したって払われる金額は一定。割に合ってねぇんだよ」

目の前の男は拳を鳴らし、後ろの女は再び手に雷をまとわせる。

他の二人もそれぞれ武器を持ち、俺とエルドラを囲うように動いた。

「だから、もう二度と自分の身の丈に合っていないダンジョンに挑めねぇように、体に分からせておくんだよ」

男は自分の足元に落ちた樽の破片を、足で踏み潰す。

木の割れる乾いた音が響いた。

「俺たちは全員Aランク冒険者と互角にやり合える実力を持っている。それだけの訓練を積んでるからな。今素直にもう調査依頼はしないって誓えるなら、見逃してやってもいいぜ？」

彼らの事情は、よく分かった。

方法はとても褒められたものじゃないが、純粋な悪意で動いているわけではないことも。

それでも、俺の答えは揺るがない。

「――断る」

「……は？」

「俺は一つの妥協で何人もの犠牲が出るのを黙って眺めていられるほど、落ちぶれた人間じゃないつもりだ。だから、黙っていることなんてできない」

どれだけ笑い者にされようが、それで誰かの命が助かるならば構わない。

小さなプライドに負けて伝えなければならないことが伝えられないことの方が、俺はよっぽど悪だと思う。

「それに、あんたたちじゃ俺たちを潰せないと思うから」

Aランク程度の実力じゃ、俺はともかくとして彼女をどうにかすることなんてできない。

静かに彼らを睨む、この竜を――。

「ディオン。もう、いい？」

「ああ。絶対に殺さないでくれ」

「分かってる。全力で……手加減する」

エルドラは彼らに向かって、一歩足を踏み出した。

◇◇◇

「はっ、女を前に出すとか弱い証拠じゃねぇか！　まあ安心しろ、殺さない程度に痛めつけて――」

「黙って」

「……あ？」

エルドラの体から、ふわりと魔力が溢れ出る。

その瞬間、彼ら調査隊の表情が一変した。

さすがは感知能力に長けた集団。

まだコップの水の一滴程度の魔力しか見せずとも、警戒すべき相手であることを理解したらしい。

「二人に対して四人で来る方が、よっぽど弱い証だと思う」

「っ……！　上等だ」

四人のうちの一人が、大幅に距離を取る。

彼が持っている武器は弓。
有効射程を確保した彼は、引き絞った矢をエルドラに向けて放った。
（半殺しの話はどうなったんだ……？）
その矢は明らかに命を奪う威力を持った一撃。
エルドラの気配が、彼らから余裕を奪い去ってしまったのだ。
しかしたとえ命を狙ったとしても、到底エルドラに通用する攻撃ではない。
彼女は自分の体に命中する寸前で、矢を掴み取る。
そのまま軽くへし折ると、興味なさげに地面に落とした。
「っ！　お前ら！　二、一、一！」
先頭にいた大柄な男がそう叫べば、四人は一斉に位置を移動した。
おそらくは陣形構築の合図。
近接が二人、中距離が一人、遠距離が一人だ。
先ほどの弓の男は民家の屋根上にいる。
狭い場所ながら、相手にとっての最高の形を作られてしまった。
「うおぉぉぉ！」
前衛の男が、拳に魔力をまとわせて殴りかかる。
民家の一つや二つ、容易く瓦礫に変えてしまうであろう一撃。
それをエルドラは片手で受け止めた。
衝撃が後方に抜けていくが、彼女は平然としている。

しかしそれに合わせて、後ろから女が雷をまとわせた掌底を繰り出してきた。

ただ――――その一撃ですらエルドラは見もせずにもう片方の手で受け止めてしまう。

雷による閃光が周囲に飛び散るが、これに対しても彼女は顔色一つ変えない。

「なっ……嘘でしょ」

女の顔が驚愕で歪む。

かなり自信のある一撃だったのだろう。

彼女の頭には、雷によって黒焦げとなったエルドラの姿が思い描かれていたに違いない。

この場で驚いていないのは、当事者を除いて俺だけだ。

「くっ……！　今だ！」

しかしこれでエルドラの両手は塞がった。

そこを残った二人が狙い撃つ。

一人は屋根の上から矢を放ち、もう一人は杖を取り出して炎を撃ち出した。

それぞれ異なる方向から放たれたそれを見たエルドラは、ただ一つ、息を吐く。

その息吹は突風となり、矢と炎をかき消した。

調査隊の顔が呆然とした様子で固まる。

「ディオン、上だけ頼める？」

「分かった」

エルドラは腕の動きで二人をいなすと、それぞれの頭を鷲掴み地面に叩きつけた。

酷く鈍い音が鳴り、二人の体が跳ねる。

そして中距離に構えていたやつの眼前へと移動すると、上から下へ落とすような回し蹴りを首元に叩き込んだ。

「くそっ！」

屋根の上にいた男の悪態が聞こえる。

背を向けようとしているところを見るに、逃げることを選択したらしい。

もしや援軍を呼ぼうとしている可能性もある。

俺は地を蹴って跳び上がると同時に、男との距離を見定めた。

「1秒、竜魔力強化（ドラゴンブースト）――」

「ひっ……！」

強化状態による高速移動で距離を詰めた俺は、強化が切れるタイミングを見計らって拳を男に叩きつける。

もちろん威力はさほど発揮できないが、後衛相手ならこの程度じゃないと殺してしまうかもしれない。

拳によって屋根に叩きつけられた男は、うめき声を上げながらも意識を手放す。

とりあえず、これで何とか片付いた。

「ディオン、こっちやり過ぎたかも」

「……分かったよ」

まあ、こうなる予感はしていた。

俺は弓の男を担いで地面に下りる。

そしてエルドラが倒した三人に対して、ヒールをかけるのであった。

四人の調査隊と戦ってから、約30分後。

彼らを縛り上げた俺は、目を覚ますのを待っていた。

「うっ……」

「ふぅ、やっと起きたか」

「お前……！」

まず目を覚ましたのは、初めに突っかかってきた大柄な男。

男は自分の置かれている状況を理解し、舌打ちをした。

「……俺たちを捕えてどうするつもりだよ」

「別にどうもしない。話を聞いてほしいだけだ」

男はそれきり口を噤み、周囲を気に掛ける様子を見せる。

エルドラの姿を探しているのだろう。

生憎なことに、今彼女はこの場にはいない。

待つのが退屈とのことで、商店街辺りをぶらぶらしていることだろう。

それに彼らを縛っている縄は特殊な物というわけでもなく、近い店で買った物だ。

彼らの腕力ならば容易く切れる。

あまりに不用心と思われるだろうが、これは俺からの敵意のない証明でもあった。

「聞いてくれる気になったか？」

「はっ、何だ？　性懲りもなく再調査の依頼か？」

「そのまさかだよ。もう一度くまなく調べてみてくれないか？」

「……どうしてそこまですんだよ」

呆れ気味にため息が出る。

実力を証明しても、まだ理解してもらえないのか。

「俺が言っていることが本当のことだからだ。確かにシャドウナイトと俺たちは遭遇した。このまじゃ多くの被害が出る。だから早くランクを定め直してほしい」

「っ！　だから！　何度調べてもいねーんだよ！　俺たちが手を抜いてるとでも思ってんのか⁉　こっちにも仕事へのプライドがあんだよ！　何度も何度も疑われて気分がいいと思ってんのか⁉」

「なら、次は俺たちと行こう」

「――は？」

男は唖然とした表情を浮かべた。

俺は彼の前にしゃがみ込むと、目を合わせる。

「あのダンジョン――城の迷宮は、今までにない特殊な形状をしているかもしれないんだ。あんたらが調査隊だと理解して、あえて弱い魔物を出現させている可能性があるんだよ」

「そ、そんなこと、あり得るわけが……」

「ダンジョンは何が起きるか分からない。分かるならあんたらも、俺たちも苦労なんかしないだろ。

……ここまでやったうえで何も起きないのなら、そのときは改めて謝罪するし、俺にできる範囲で償わせてもらう。だから――」

――そのとき、俺の上を何かが過った。


背筋を虫が駆けていくかのような嫌な予感。

俺はとっさに竜魔力強化を体に施した。

「ほう……この一撃を止めるとは、俺の部下をここまで追い詰めたのはまぐれというわけではなさそうだ」

「……ディオンに触らないで」

突然俺の真横に現れたのは、調査隊の隊長と思わしき男。

彼は俺に向かってナイフを突き出しており、それは薄皮一枚のところで止まっていた。

そこで止まったのは、同じく突然現れたエルドラがそれを掴んでいるからだ。

「ディオン、解除していいよ」

「ああ……」

俺は竜魔力強化を解除する。

もし強化もエルドラも間に合わなかったら、きっと俺の心臓は貫かれていただろう。

「ロギアンさん！」

「無事か？」

「え、ええ……まあ」

部下からの返答を聞き、彼はエルドラの手を振り払う。

やはり、この男がロギアンか。

一瞬感じ取れた気配は、Aランクのセグリットやブランダルを凌いでいたように思う。

普段は偵察が基本となる調査隊らしく、力を隠しているようだ。

「それで、どうして俺の部下は縛られているんだ？　事と次第によってはしかるべき対処をさせてもらう」

「あんたの部下が二度と再調査なんて依頼できないようにって俺たちを襲ってきたんだ。だから対処した」

「……それは本当か？」

ロギアンが縛られた男へ視線を向ける。

彼は気まずそうに視線をそらすと、首を一つ縦に振った。

「チッ、冒険者狩りはやめろとこの前言ったはずだが……」

ロギアンは悪態をつくと、突然俺たちに向けて頭を下げた。

「俺の部下がすまなかった。今後こういうことは起きないように教育を強めていく」

「ろ、ロギアンさん！　悪いのは俺たちです！　あんたが頭を下げることじゃ」

「馬鹿か、部下の不祥事は俺の不祥事だ。脅威にはならない相手に自分から仕掛けるなど愚の骨頂。この始末は俺がつける」

この男は、根っからの仕事人だ。

自分の仕事にプライドがあり、責任感も人一倍持っている。

俺にはそのつもりはなかったが、彼らからすれば俺の方から喧嘩を売ったように見えていたことだろう。

命がけでこなしてきた仕事を疑われたのだから。

しかしそれは、俺目線からも同じことだ。

ダンジョンを攻略する者として、みすみす同業者が危険な目に遭うことを見逃せない。

「……あんたが信頼できる人間であることは分かった。だから、改めて頼みたい。俺たちともう一度城の迷宮に潜ってくれ。犠牲がまだ出ていないうちに、あのダンジョンの危険性を理解してもらいたいんだ」

「貴様らの実力が……言い訳の必要がないレベルであることは分かった。ただ、シャドウナイトが本当に出現すればこいつらでは対応しきれない」

「それじゃ――」

「だから、俺一人でついていく」

ロギアンのその言葉に驚きの声を上げたのは俺ではなく、続々と目を覚ました調査隊の部下たちだった。

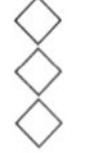

「何だこのダンジョンは……本当にAランクダンジョンなのか?」

セグリットはよそ見をしたまま、近づいてきたホワイトナイトを斬り捨てる。

決して耐久度が低いとは言えない彼らの鎧は、彼の前ではまるで防具の機能を果たしていなかった。

セグリットは基本的に前衛で敵の攻撃を受け止める聖騎士の立場だが、防御力と同じくらい攻撃力も高い優秀な冒険者である。

さすがにSランクダンジョンとなると火力の不足が目立ち始めるが、ホワイトナイト程度の魔物が相手ならば彼一人で十分であった。

「現在5階層目ですが、あまりにも順調すぎませんか？　罠の一つすらありませんし――」

「……そうだね、警戒を強めよう。シンディ、サーチを」

セグリットの指示を受けたシンディは、進行方向に向けてサーチを放つ。

しかし変わった反応はなく、彼女は呆れたように息を吐いた。

「強い反応はまったくないわ。全部ホワイトナイトだと思う」

「そうか……これじゃBランクダンジョンだな。まあ、ダンジョンのランクは安全管理のために規定よりもワンランク上が目安になるらしいから、仕方ないんだろうけど」

パーティメンバー――特にセグリットとシンディのテンションは露骨に下がっていた。

難易度の低いダンジョンのアイテムを回収したところで意味がない。

骨折り損になる可能性が高くなれば、それはやる気が下がるというもの。

「おいおい、期待外れだったからって油断すんなよ？　この上は分からねぇんだからよ」

「それくらい理解しているさ。僕だってもう何年も冒険者として活動しているのだから。陣形は変えずにこのまま行くぞ」

「へいへい。余計なお世話だったな」

肩を竦めたブランダルは、セグリットの隣に立つ。

その後ろにクリオラがつき、最後尾にシンディが立った。

これが彼らの陣形。

セグリットたちはこのままの形で、ダンジョンの奥へと進んでいく。


1階、2階、3階と下っていくが、ダンジョン内の雰囲気は変わらない。

必然的に、徐々に彼らの警戒心は下がってしまう。

それからさらに時間が経ち、恐ろしく順調な速度で彼らは30階層へとたどり着いた。

「外から見た限りだと、この辺りでもう半分だが――」

「ねぇ、セグリット。奥に何かあるわ」

新たな階層に到着して早々にサーチを発動させたシンディが、今までとは違う反応を示す。

そしてセグリットが長く延びた廊下の先へと視線を向ければ、この階層の異質さに気づいた。

「あれは……扉か？」

廊下は曲がり角一つなくただ真っ直ぐ延びており、その先には今までにない巨大な扉がそびえ立っていた。

まだ距離があるはずなのに、セグリットたちはこの階層が特別な場所であることに気づかされる。

「いるな、門番が」

「ええ、ここからでも魔力を感じます」

ダンジョン内にいる特別な存在、それが門番。

魔物であることには変わりないが、ダンジョン内に一体しか存在しないことと、それを倒さねば次の階に向かえないことからそう呼ばれている。

脅威度で言えば、ダンジョンボスの次に高い。

初心者はよくこの門番で躓き(つまず)がちである。

「各自準備はできているかい？」

「もちろんよ。むしろここまでセグリットとブランダルが先頭切ってたから持て余してるわ」

「よし、相手がどれほどの力を持っているかはまだ分からないが、基本的にはクリオラが補助呪文をかけ、僕たち前衛が押さえてシンディが焼き尽くす。最初はこの戦法を守ろう」

セグリットの言葉に、三人は頷く。

そうして彼らは廊下を進み、扉の前に立った。

「行くぞ――」

セグリットが巨大な扉に触れる。

そして開けるために力を込めた――そのとき。

「っ！　セグリットさん！」

クリオラが叫ぶ。

その次の瞬間、セグリットは自分の腹に異物感を感じた。

視線を下に向け、彼は目を見開く。

そこには黒い刃が存在していた。

彼の腹を突き破り、血に濡れている。

「ぐっ――――あぁああああ！」

今度はセグリットの叫びが廊下に響いた。

彼らが何か行動に移す前に、黒い刃は引き抜かれる。

そしてダンジョン内の至るところの影から、数え切れないほどの黒い騎士たちが姿を現した。

「シャドウナイト!?　どうしてこのダンジョンに……」

「はぁ……はぁ……シンディ！　クリオラ！　下がれ！」

セグリットは苦悶の表情を浮かべながらも、剣を振りかぶる。

「セイクリッドセイバー！」

魔力を付与した剣は、神々しいほどの光を放つ。

そうして横薙ぎに振るわれた剣は斬撃を生み、近くにいたシャドウナイトを数体吹き飛ばした。

しかしその他の個体はそれぞれ影の中に戻り、難を逃れてしまう。

「くそっ……」

「セグリット！　すぐに治しますから……！」

血を吐きながら崩れ落ちるセグリットに、クリオラが駆け寄る。

彼を支えながら傷口に手を当て、彼女は上級の回復魔術を施した。

「ブランダル！　私が治療に当たっている間にヘイト管理をお願いします！　シンディは炎の魔術でやつらが隠れられないよう影を照らしてください！」

「っ！　あんたが指図しないでよ！」

文句を言いながらも、シンディは自分の身の丈よりも大きな火球を生み出し、まるで太陽を模しているかのように天井近くへ撃ち出した。

シャドウナイトは影に潜む——ならばその影を存在できなくしてしまえば、彼らは外へと弾き出されてしまう。

そうして姿を現したシャドウナイトたちを、ブランダルは自慢の斧で薙ぎ払った。

しかし、彼の表情は硬い。

「チッ、かてぇな」

薙ぎ払われたシャドウナイトたちは、ガシャガシャと音を立てながら立ち上がる。

斧の直撃を受けた部分はひしゃげているものの、致命的な一撃には届かず。

シャドウナイトは体の一部を変形させて剣を作り出すと、そのまま前衛のブランダルへと襲い掛かってきた。

「ああくそっ！　鬱陶しいなァ！」

「退いて！　吹き飛ばす！」

シンディはブランダルの前に出ると、両腕を突き出した。

「エアロブラスト！」

彼女の手から放たれたものは、風が押し固められた弾丸。

それは先頭のシャドウナイトに命中した瞬間、弾けて周囲に暴風をもたらした。

風の勢いは彼らを容易く吹き飛ばし、大きく距離を取ることに成功する。

「風の魔術は得意じゃないのに……！　もう！」

吹き飛んだシャドウナイトたちは続々と立ち上がる。

炎ならばともかく、シンディにとって適性の薄い属性による攻撃は、シャドウナイトに多少のダメージすら入れることができなかった。

元々魔術耐性の強いナイト系が相手なのだから、なおさらである。

「そろそろ光源の維持が苦しくなってきたわ！　クリオラ！　まだなの⁉」

「もう終わります！　セグリット、動けますか？」

患部を押さえながらも、セグリットは立ち上がる。

回復魔術は傷を治すことはできても、失った血液を戻すことはできない。

故に彼の顔色は悪く、ふらつく体を剣で支えるようにして立っていた。

「くっ……眩暈（めまい）がする」

「後で造血薬を渡しますから、今は一度退却しましょう。シンディ、ブランダル、また道を切り開いてもらえますか」

クリオラのその頼みに対し、シンディは突如怒りの形相を浮かべた。

「さっきから何度も……！　私に命令しないでよ！　このパーティの今のリーダーはセグリットよ！　あんたに命令されても不快なだけなの！　分かる⁉」

「なっ……今それどころではないでしょう⁉　とにかくこの状況を何とかしなければ――」

「うるさいうるさいうるさい！　あんたとは口もききたくないわ！」

クリオラは絶句する。

ダンジョン内で、しかもこんな窮地にいる状況で癇癪を起こす——それがどれだけ愚かしいことか。

「——てめぇら、もういい」

そんなブランダルの言葉が、怒鳴ろうとしていたクリオラの口を止める。

彼は雄叫びを上げながらシャドウナイトに向かっていき、力任せに薙ぎ倒した。

起き上がるたびに、何度も何度もそれを繰り返す。

シャドウナイトに致命傷を与えることはできないが、彼の一撃一撃はやつらの体を徐々にひしゃげさせ、動きを鈍くすることに成功した。

「さっさと来い！　前のフロアに戻るぞ！」

「っ！」

クリオラは歯噛みしつつも、セグリットに肩を貸して進み始める。

こうして彼らは、どうにかシャドウナイトの群れを抜けることに成功した。

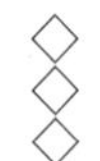

「あん？　セグリットたちが帰ってこない？」
「ええ、ダンジョン前キャンプから連絡がありまして……12時間の探索予定をすでにオーバーしていると」
冒険者ギルドが今日の営業を終えようとしていた間際のこと、連絡を請け負っている従業員が焦った様子で飛び込んできたことで、ギルドマスターであるレーナは頭を悩ませていた。

Aランク冒険者であるセグリットたちが規定時間を超えてもダンジョンから出てこない。

それはつまり救助隊を派遣しなければならない状況ということになる。

「チッ……ディオンたちが正しかったってわけか？」

Aランクの冒険者がホワイトナイト程度に後れを取ることはまずありえない。

つまるところ罠にかかったか、ホワイトナイト以上の魔物が出現した可能性があるということ。

「ブランダルのパーティはいるか？　あいつらならAランクダンジョンでも問題ねぇと思うが……」

「それが……ブランダルさんもセグリットさんのパーティに加わっていたようで――」

「マジかよ」

レーナは頭を抱えた。

Aランクダンジョンへ救助を向かわせる場合、救助隊として選ばれるのは当然Aランク以上の冒険者パーティだ。

そもそもランクが高ければ高いだけ探索に失敗する可能性は低くなっていく。

救助を必要とするのは新米冒険者であったり、背伸びをしてしまう中堅冒険者ばかりなのだ。

このような事例に久しく直面していなかったギルドは、ある種の危機に直面していた。

「どうしますか、マスター……」

「……仕方ねぇ。あいつに頼るか」

ため息を吐いたレーナは、不安げな職員の肩に手を置く。

「今回のことはあたしに任せろ。あてになるかは分からねぇけど、伝手（つて）はある」

「わ、分かりました！」

ほっとした様子の職員を見送り、レーナは再びため息を吐く。

その後ギルドを後にした彼女は、真っ直ぐ自分の家の方向へと向かった。

レーナの家はギルドから多少離れた位置にある一軒家だ。

ガサツな彼女はキッチンと寝床以外を特に必要としないせいで、せっかくいくつも部屋があるのにほとんどが放置されている。

荒れ放題と言っても過言ではない。

しかし、今日に限ってはそうではなかった。

「——おい、なぜ私はこんなことをしなければならなかった」

「はっ、家主が帰ってきたらまずおかえりなさいだろ？」

レーナが玄関を開けた先に立っていたのは、不機嫌さを隠そうともしないユキ・スノードロップだった。

彼女はどういうわけかエプロンをかけており、手には箒を持っている。

これまでずっと掃除をしていたようで、そのエプロンは所々が汚れていた。

「あたしに負けた罰なんだから、文句言うなよな」

「っ……」

「まあそう睨むなって。お前には頭を冷やす時間が必要だったんだよ。……その様子じゃ、あたしの思惑通りとはいかなかったみたいだけど」

ユキは憎々しげにレーナを睨む。

そんなものはどこ吹く風といった様子で家の中へ入ったレーナは、寝床である自室へと向かった。

訝しげなユキに睨まれつつも、彼女は何かを抱えて自室から出てくる。

「ほらよ、お前の装備だ」

「……もう貴様の世話は終わりか？」

「緊急事態だ。お前のパーティメンバーのセグリットたちがダンジョンから帰ってこない」

「っ、そうか」

「あんまり動揺しねぇな」

「私は彼らにパーティのことを任せると伝えた。それで失敗したのなら、彼らがそれまでの冒険者であったということだ」

ユキのその返答に、レーナは目を細めた。

「そうだよ。あたしの中でユキ・スノードロップはそういう女だ。それが一人の男の前ではおかしくなる。あの男――ディオンの何がお前を狂わせた？」

「……」

静かで、そして冷たい目で、ユキはレーナを睨んでいた。

そして強引にレーナから自分の荷物を奪い取った彼女は、踵を返して玄関へと向かう。

「貴様にそれを語る必要はない。ここでこれを渡したということは、セグリットたちを救助に行けということなのだろう。役目は果たす」

「……お見通しかい。これから頼もうと思ってたんだけどな」

「連れて帰り次第、また貴様に挑む。貴様を下せばディオンについて知っていることをすべて話してもらうぞ」

有無を言わせないといった様子で家から出ていくユキを見送りながら、レーナは今日何度目かのため息を吐いた。

そしてケールに治してもらった腕を見下ろす。

「馬鹿野郎が。何度やったって、今のお前じゃあたしにゃ勝てねぇよ」

時計塔の上での戦いで、レーナは片腕を負傷した。

ユキの体は一切の無傷。

それでも勝ったのはレーナだった。

彼女は無理やりユキの一撃を腕で受け止め、自分の大剣をその首へと突き付けたのだ。

「あたしの知っているお前なら、きっと腕ごとあたしを斬り伏せられていたはず……気づけよ、自分がおかしくなっていることに」


お前がそのままだと困るんだよ――――。

最後にそうつぶやいた彼女は、静かに拳を握りしめていた。

――どうして。

「どうして……！　こんな状況になった」

壁に背を預けながら、セグリットは悪態を吐いた。

彼らのパーティがいる場所は、偶然開けることが叶ったダンジョン内に存在する部屋。

手狭と言ってもいい部屋の中には、机らしき物体や、椅子のなりそこないが並んでいた。

どれも床から生えているかのような構造をしており、これらもすべて何者かが人の物を真似て作り上げたように見える。

「もう……どうしたらいいの」

部屋の隅に蹲るようにしているのは、この部屋に光源を作っているシンディ。

彼女の炎の魔術によって生まれている光源は、この部屋にシャドウナイトが現れることを阻止していた。

シャドウナイトは出現するために、ある程度の大きさの影を必要とする。

この部屋の影はそれを満たせていないのだ。

しかしそんな光源も、しばらくして徐々に弱まっていく。

「だ、ダメ！　早く強めないと……」

シンディは青い顔をしながら、天井近くに発生させている火球の光を強める。

何度もそれを繰り返しているせいか、魔術師故に人並み外れた魔力を持っているはずの彼女ですら荒い息を繰り返していた。

魔力欠乏状態特有の体調不良である。

「シンディ、すぐにこれを飲んで――」

「っ……！」

クリオラは持っていた魔力回復のためのポーションを飲ませようと近づくが、シンディはそんな彼女を強く睨みつけた。

そして震える手でポーションを奪い取ると、一気に飲み干す。

「いくつ……あといくつあるの……」

「……これで最後です」

これまでにシンディが飲んだ魔力回復ポーションは三本。

今のが四本目であり、これ以上のストックは誰の手にも存在しなかった。

彼女の魔力を回復させるためには、当然のように質のいい高級品が必要になる。

Aランク冒険者である彼らなら、まだいくらか買うこともできただろう。

それでも用意しなかったのは、ひとえにこのダンジョンを甘く見たが故だ。

「なぜ……脱出用の道具すら反応しない」

セグリットは手の上に乗せた加工された宝石を見つめる。

これは転移用の魔術が施された高価な魔道具。

魔力を込めれば想像した場所へと一瞬で移動することができる。

記述した通り高価な代物だが、Sランクパーティに属していた彼らが持っていないはずもない。

しかし、その道具はまったく反応を示してはくれなかった。

そんな今までにないような状況が、彼の焦りをさらに加速させている。

「もう強行突破しかねぇだろ」

焦った様子の三人に向け、ブランダルがそう告げる。

彼は扉の脇に立つと、自身の斧を肩に担いだ。

「嬢ちゃんの魔力が尽きれば今度こそ終わりだ。この部屋にシャドウナイトが溢れて、あっという間に俺たちの墓場ができあがる」

「か、賭けに出ようというのか……？」

「今なら嬢ちゃんの魔力も回復したばかりだ。ギリギリまで救助を待つにしてもあと数時間しか持たねぇなら、攻める方が賢くねぇか？　少なくとも、俺はここで箱詰めになって死ぬことだけはごめんだね」

「……くっ」

セグリットは苦虫を噛み潰したような表情を浮かべる。

普段ならば反論の一つもしてしまう状況で彼が口を噤んだのは、ブランダルの言っていることが正しいと判断してしまったからだ。

セグリットは自身の剣を掴むと、扉の方へと歩み寄る。

「そうだな。今はここを出るしかない。それで、出た後はどうするんだ」

「もう入口からは戻れねぇだろうな。このダンジョンは俺たちを外に出す気がねぇ。なら、一か八か奥に向かってみるしかねぇな」

「……分かった」

セグリットはシンディとクリオラにいくつか指示を出し、剣を強く握りしめた。

「まず、門番を倒す。僕らの一番自信のある攻撃を最初に叩き込んで、余計な被害が出る前に倒しきるんだ。そうすれば門番のいる部屋は完全にフリーになる。そこでなら休めるし、最悪——救助も待てる」

「そうだなぁ。門番やダンジョンボスの部屋には他の魔物は湧かねぇからな」

「その通りだよ。それじゃ……行こうか」

息を吸うと同時に、セグリットは扉を開け放ち廊下へと飛び出す。

それに続く形でシンディ、クリオラが飛び出した。

最後尾を任されるのはブランダル。

彼が背後の敵をすべて受け持つ隊列となっている。

——故に、ブランダルの表情を窺える者は誰一人としていなかった。

不気味なほどに口角を吊り上げ、心底愉快そうに笑みを浮かべている。

まるで、思惑通りとでも言いたげに。

セグリットたちはまったく気づくことなく、ただ真っ直ぐ門番にいるであろう部屋へと走り始める。

「シンディ！　閃光！」

「わ、分かった！」

彼らの行く手を阻むように、何体ものシャドウナイトが物陰から現れようとする。

しかしそれらはすべてシンディの炎によって阻止された。

その間に彼らは駆け抜けていく。

「セグリット！　ホワイトナイトが……！」

「あれは僕が薙ぎ払う！」

クリオラの指の先には、ホワイトナイトが道を塞ぐように並んでいた。

誰がどう見ても妨害の構え。

それをセグリットが、魔力をまとわせた剣で薙ぎ払う。

二回、三回と振れば、四人が通過できるだけの隙間ができあがった。

「今のうちだ！」

セグリットの合図に従い、彼らは魔物の群れを突破していく。

最低限のシンディの魔術、そしてセグリットの突破力が合わさり、彼らは何とか門番の部屋の前まで戻ることができた。

「後ろからめちゃくちゃ追ってきてるぞ。さっさと入ろうぜ」

「分かっているよ」

振り返らずとも、夥（おびただ）しい数のシャドウナイトやホワイトナイトがそこにいることは分かった。

追いつかれないうちにと、セグリットたちは門番のいる部屋へと転がり込むようにして入っていく。

「……あいつがこのダンジョンの門番か」

全員が中に入ったと同時に、開け放たれた扉は音を立てて閉じてしまう。

そしてセグリットの視界の先――そこには、全身に鎖を巻き付けた巨大な虎がいた。

虎は涎を垂れ流しながら、セグリットたちを睨みつける。

「行くぞ……！」

セグリットの振り上げた剣に、魔力が集まる。

それが合図となった。

「万物を焼き払う真なる炎――トゥルース・フレイム！」

「轟け、ライトニングブラスト！」

「アックススロー！」

シンディが巨大な火球を放ち、クリオラは雷を撃ち、ブランダルは自身の斧を投げつけた。

そしてセグリットは、神々しいほどの光を放つ剣を振り下ろす。


「――オーバーライトソード」


光の斬撃が、真っ直ぐ門番に向けて飛んでいく。

そして彼らの攻撃は、余すところなく虎の体へと吸い込まれていった。

炎の塊と雷が頭を吹き飛ばし、斧が深々と心臓を抉り、最後に光の斬撃が致命傷に足りうる傷を残す。

ガシャリと鎖が落ち、虎の残った体が地面へと伏した。

「……呆気ないな」

息を吐き、セグリットは剣を鞘へと戻す。

自分たちの全力の一撃を叩き込んだ以上、倒しきれる自信はあった。

しかし、それにしても呆気ない。

誰のどの一撃であっても、致命傷を与えることができていた。

タフさもなく、尚且避ける素振りすら見せない。

計画通りに事は進んでいるはずなのに、セグリットの嫌な予感はどうにも晴れなかった。

「ねぇ、セグリット……」

しばらくの沈黙の後、シンディが部屋の奥を指さす。

そうして、全員が目を見開いた。

「扉……開いてないんだけど」

「な、なぜだ……！　門番は倒したはず――」

ダンジョンの門番は、奥へと進むための通路を守っている。

基本的にそれらを倒さなければ、先へ進めない。

倒さない限り、先へ進むための門や扉が開かないからだ。

つまるところ、門番を倒せば奥へ進むための何かしらの仕掛けが動くはず。

だというのに、部屋の奥に存在する入口と同じ大きさの扉は開く様子を見せなかった。

「ほ、他に何かあるんじゃないか？　これまでもフェイクの扉は多かっただろう？　別にあの扉が開くと決まったわけじゃない」

「そ、そうね！　探さないと」

そうしてセグリットとシンディが周囲に視線を巡らせた――そのとき。

ゆらりと、部屋の中に存在する影たちが揺れた。

「どうして……！　門番の部屋に他の魔物は出ないはずなのに！」

シンディの表情が悲痛に歪んだ。

揺れた影の中から、一つ、また一つと黒い鎧が現れる。

ほんの数秒としないうちに、彼らは部屋を埋め尽くしてしまうほどのシャドウナイトに囲まれてしまった。

◆五章　救世主

「ちくしょう！　キリがねぇ！」

ブランダルの斧がシャドウナイトを薙ぎ倒す。

しかしホワイトナイトよりも頑丈なその体は、簡単には破壊できない。

せいぜい距離が空く程度で、すぐに立ち上がってくる。

「くっ！　怯むな！　少しでも数を減らせ！」

魔力をまとわせた剣を用いて、セグリットはシャドウナイトを斬り伏せる。

セグリットの魔力はシャドウナイトに相性がいいようで、魔力が弾かれにくい。

それを利用して、彼は剣の威力を高める魔術を使い続けていた。

ただ——限界というものはいかなるものにも存在する。

（この魔術を使う程度の魔力ならまだ残っている……！　三人が上手く時間さえ稼いでくれれば突破口が——）

視線を自分たちが入ってきた後方の扉へと巡らせる。

あそこまでたどり着くことさえできれば、まだ引き返せるかもしれない。

そんなわずかな希望に縋るべく、セグリットは再び剣を振るった。


——そのときのことである。

甲高い音が響き渡り、セグリットの手から手応えが抜けた。

呆気に取られたセグリットが手元を見る。

そこには、剣の中腹から先の刃が存在していなかった。

彼が自覚する前に、足元に何かが突き刺さる。

それはなくなった剣の先。

自分の剣が折れたことを自覚したのは、そのときであった。

「セグリット！　剣が……っ！」

気づいたクリオラが叫ぶ。

次の瞬間、セグリットの背筋に寒気が走った。

とっさに前方に回避行動を取るが、同時に背中が熱を帯びる。

苦痛に顔を歪めた彼の足元には、背中から流れ出た血が滴り落ちていた。

「くそっ……油断も隙もない」

視線の先には、新たに出現したシャドウナイト。

剣が折れた際の意識の曇りを突き、背後から近づいてきていたのだ。

「っ！　今すぐ治療を」

「無理よ……セグリットの剣まで折られたんじゃ、もうおしまいだわ」

「シンディ！　前を向いてください！　今諦めればそれこそ本当に――」

「ふざけないで！　こんな状況でできることなんてあるはずないでしょ!?」

シンディは叫び散らしながら、三人に背を向ける。

そして何を思ったのか、そのまま自分たちが入ってきた巨大な扉の元へと駆け出した。

「嫌……！　嫌よ！　こんなところで死にたくない！　せめて私だけでも――」

彼女の口から漏れる言葉は、自分だけでも助かろうという浅い考え。

当然のように、その逃げる先にはシャドウナイトたちが群れている。

そんなやつらを吹き飛ばすため、シンディは魔術を放とうとした。

しかし、シャドウナイトたちはまるでエスコートでもするかのように、彼女の行く手を開ける。

明らかなる異常事態。

それでも冷静さを欠いているシンディは、足を止めることができなかった。

「やった！　助かった！」

シンディは部屋から出るべく、扉に手をかけた。

そしてすぐに、その顔から表情が抜ける。

「何で……何で何で何で何で!?」

いくら押せど、引けど、扉はびくともしない。

元々開かぬようにできていたかのように、まったく動かないのだ。

シンディに力がないからではない。

「あ……開きなさいよ！　さっき開いたでしょ!?　さっさと開いて――」

「っ！　シンディ！」

クリオラの視線の先で、シャドウナイトの剣がシンディの胸を貫いた。

崩れ落ちる彼女を、シャドウナイトたちは取り囲んで眺めている。

表情などないはずなのに、まるでそれはシンディを嘲笑っているかのように見えた。

「ブランダル！　シンディを助けます！　道を切り開いてください！」

「馬鹿かテメェ、あんなやつに構ってる暇ねぇだろ」

「ここで死なせるわけにはいかないのです！　今じゃない……今じゃないんです！」

「テメェは何言ってんだ……？　チッ、まあしゃーねーか。こんな短時間で二回も撃ったこたぁねぇんだけどな」

ブランダルは近場のシャドウナイトを蹴り飛ばして距離を稼ぐと、斧を大きく振りかぶる。

そうしてシンディに群がるシャドウナイト目掛け、門番に対する攻撃と同じように斧を投げ飛ばした。

「アックスロー！」

横に回転する形で飛んでいった斧は、地面に倒れているシンディ以外の存在を破壊する。

そして扉にめり込み斧が止まったのを確認して、クリオラは彼女へと駆け寄った。

「くっ、この傷は今の魔力じゃ治せない……」

クリオラは懐から液体の入った瓶を取り出すと、迷いなくシンディの傷口へとかける。

回復のハイポーション――飲ませずともかけるだけで効果を発揮する代物だ。

その性能のおかげで、シンディの傷はわずかに塞がる。

しかしまだ絶えず血は流れ出しており、すぐにでも治療を必要としていた。

「ジオ・ヒール！」

緑色の光がシンディを包み、傷を癒す。

ヒールよりも強力な魔術であり、今のクリオラの魔力で扱える限界だ。

ここまで尽くしても、まだ傷は塞がらない。

せいぜい寿命を延ばした程度。

完全に命を救うには、もう一度ジオ・ヒールが必要となる。

(あと一回……あと一回なのに！　もう魔力が足りない)

クリオラの顔に、絶望の色が浮かぶ。

そんな彼女の真横に、鎧を砕かれたセグリットが転がってきた。

彼は歯を食いしばって立ち上がろうとするが、満足に体を支えることすらできず床に崩れ落ちる。

「クリオラ……！　ヒールだ！　僕にヒールをかけろ！」

「で、でも――」

「こんなところで死ぬわけにはいかないんだよ！　怪我さえ治ればどんな手を使ってでもやつらを全滅させる！　そうでもしなければ生き残れない！」

膝を震わせながら、セグリットは立ち上がろうと体を起こす。

その姿を見ても、クリオラは彼にヒールをかけようとしない。

いや、正確にはかけることができない。

満足に彼を回復させる魔力すら、もうクリオラには残っていないのだ。

「――チッ、潮時(しおどき)か」

鎧も剣も砕かれた聖騎士に、魔力のない賢者。

加えて意識のない魔術師を前にして、投げ出すようにつぶやいたのはブランダルだった。

扉にめり込んだ斧を引き抜き、彼――いや、その中にいる彼女は、気怠そうにため息を吐く。

しかし、異変が起きたのは次の瞬間のことであった。

「ん……？」

斧を引き抜いた場所に、線が走る。

部屋に入った際には存在しなかった線だ。

ブランダルが疑問に思ったのもつかの間、その線は徐々に数を増やす。

無差別に、法則性もなく増えていく。

やがて扉全体に線が広がったと同時に、端からまるでパズルが崩れていくかのように崩壊を始めた。

扉としての機能を失った残骸の向こう側には、ぽつんと人影が立っている。

「――どうやら、間に合ったようだな」

その何者かが部屋に足を踏み入れた瞬間、一斉にシャドウナイトたちが扉側から距離を取った。

彼女の技量を、内包する魔力を、その身で感じ取ったのだろう。

「ユキ……さん」

「……休んでおけ、セグリット。後は任せろ」

氷のように冷ややかな視線をシャドウナイトに向けながら、ユキ・スノードロップはそう告げるのであった。

（おいおい……まさかこの分厚い扉を細切れにして入ってきたってのか？）

ブランダルの視線は、ユキの持っている剣に向く。

どこまで洗練された剣技を用いれば、こんなにも綺麗な断面で切断が叶うのだろう。

セグリットやシンディとは桁の違う実力を想像し、ブランダルの頬を一筋の冷や汗が伝った。

「クリオラ、これを飲め」

「あ……ありがとうございます」

ユキはシャドウナイトたちから視線をそらさず、クリオラに対して魔力回復ポーションを渡す。

受け取ったクリオラは、迷いなくそれを飲み干した。

「それでシンディの治療を間に合わせろ」

「はい……！　これなら」

クリオラはシンディに向き直り、ジオ・ヒールをかける。

失った血液の分だけ顔色が悪いものの、これでひとまず一命を取り留めた。

「貴様はまだ動けるな」

「お？　おう……」

「三人を頼む。こうも敵が多いと取りこぼすかもしれない」

ユキはゆらりと剣を揺らしながら、四人の前に立つ。

それを目にしたブランダルは、思わず斧を構えて言われた通りにセグリットたちを守るように立ってしまった。

「すぐに終わらせる」

そうつぶやくと同時に、ユキはシャドウナイトの群れにその身を投げた。

そこから始まったのは、ただの蹂躙劇。

彼女が剣を振れば、まるで柔い女の肌を裂くかのようにシャドウナイトの鎧が斬り伏せられていく。

魔力や魔術などは関係ない。

そこには純粋なまでの剣の技術が存在した。

セグリットは膝をついたまま、ユキの戦いを呆然と見つめていた。

「ここまで……力の差があるのか」

ランクに関して言えば、一つしか違わないはず。

それなのにセグリットは彼女との間に明確な越えられない壁を感じていた。

今まで近くでそれを認識していたはずなのに、改めて自分を追い詰めた相手を軽々と捻るのを目の当たりにして、気持ちが折れかけるのも仕方ない。

(……妙だ)

シャドウナイトを斬り伏せながら、ユキの頭には疑念が浮かんでいた。

戦闘速度についてこれていないセグリットたちは気づかない。

ユキに倒される以外の方法で、シャドウナイトが数を減らしていることに。

（いや、好都合か）

ユキはそこで思考を打ち切った。

敵が自ら数を減らす――つまり逃走の可能性が高いのであれば、自分の手間は省ける。

そう考えたうえで、戦闘へと意識を戻した。


――この行為こそが、彼女の唯一の失敗である。


普段のユキ・スノードロップではありえない、決定的なミス。

それが浮き彫りになるのは、この直後のことであった。


「――斬華」

舞うような、それでいて武に昇華（しょうか）された剣術がシャドウナイトを斬り捨てていく。

最後の一撃でやつらの鎧を真っ二つに両断すれば、彼女の周りには亡骸（なきがら）が並ぶのみとなった。

「状況終了か」

ユキは剣をしまい、四人の下へ戻る。

そのときには丁度シンディの治療を終えたクリオラがセグリットの治療に移っており、彼ら自身もようやく態勢を立て直していた。

「助かりました……ユキさん」

「お前たちが追い詰められるとはどんな状況なのかと思えば、これは確かに異常事態だな」

「ええ、まさか門番の部屋に他の魔物が出るだ……なんて――」

「……どうした？」

セグリットがユキの向こう側の景色の一点を見つめて固まる。

ユキ自身も振り返って確認すれば、そこにはぽつんと一つの人影があった。

それは一見シャドウナイトに見えた。

しかし五人が五人とも、これは違うと判断する。

まず造形。

無駄に突起の多かったシャドウナイトの体から、まるで角が取れたかのようなスリムな形だった。

そして、その場にいるだけで周りを圧倒してしまいそうなほどの威圧感。

どうしても今までのシャドウナイトと同じだとは思えなかった。

「――――駄目です、逃げましょう」

口を開いたのは、クリオラだった。

その顔は青ざめており、到底普段通りとは言えない震え方をしている。

「ブラックナイト……！　特別指定魔物です！」

特別指定魔物とは、Fランクから始まりAランクまで、そしてその上にSランクという規定がある中で、その枠に収まらなかった魔物である。

他の魔物にはない特徴を持っていたり、明確にSランクの魔物よりも強いというわけではないが、まず遭遇を避けるべき存在だと言われている。

「どうして……これまで観測されたのだって片手で数えられるくらいだったのに」

「……どうやら、私がしくじったらしい」

「え？」

ブラックナイトの影から、突如として数体のシャドウナイトが現れる。

そしてそれらの魔物たちは、まるで溶けるかのようにブラックナイトの体に同化していった。

同時に、ブラックナイトの気配がさらに強まる。

「どうにもシャドウナイトの数が減っていると思えば、こういうカラクリだったわけか」

ユキには知りようもないことだが、シャドウナイトは彼女をもっとも恐るべき敵だと認識していた。

故に少しずつ戦線を離脱し、一つに集まった。

ユキが初めから全力で蹴散らしていれば、ブラックナイトという特異な存在は生まれなかったということになる。

「あいつが真の門番だったってわけか。まんまとやられたなぁ」

ブランダルは頭をかく。

囚われていた虎は彼らを釣るための餌。

タフなものをそこに縛り付けておくことで、冒険者がそれを倒すために疲弊する。

そして戦力を削いだ後、シャドウナイトが取り囲むのだ。

ここまでですでに卑劣。

しかしさらに上があったのだ。

相手がシャドウナイトを切り抜けるような存在であったのなら、最後にこのブラックナイトが現れる。

何十年と冒険者として活動していないセグリットたちですら断言できた。

こんなダンジョンは、いまだかつて存在しない——と。

「やつは私が倒す。全員転移の魔道具で脱出しろ」

「そ、それは無理です。さっき僕らも試したんですが、なぜか使えなくて」

「……チッ」

ユキは懐から自分の魔道具を取り出し、確認する。

するとやはり何の反応も示さない。

セグリットの物と同様のようだ。

「どんな手を使ってでも攻略させないつもりか……仕方ない。お前たちは隙を見て元来た道を引き返せ。回復した今の状態なら戻ることくらいはできるだろう」

「っ……分かりました」

セグリットは悔しげに表情を歪め、握っている折れた剣に目を落とした。

せめて武器が壊れていなければ、助太刀できていたかと考える。

しかしそれもすぐに首を横に振って否定した。

たとえ五体満足で万全の準備を整えていたとしても、ブラックナイトには敵わない。

そう理解してしまったが故の悔しさだった。

「ブランダル、シンディを担いでくれ。まだ目を覚まさないからな。クリオラは後衛を頼む。ホワイトナイト程度ならこの武器でも僕が前衛を担当できるからな」

自分の指示にブランダルとクリオラが頷いたのを確認して、セグリットはユキが切り開いた出口へと目を向ける。

その行為がトリガーを引いた。

「ッ!?」

目を見開いたのはユキだった。

とっさに体を守るように剣を構える。

それとほぼ同時に、強い衝撃が彼女を襲った。

「ユキさん!?」

セグリットが叫ぶ。

彼女を吹き飛ばしたのは、ブラックナイトの一撃。

ただ剣を振り下ろしただけで、圧倒的な強さを誇っていたはずのユキの力ですら一秒と耐えられなかったのだ。

加えて、吹き飛んだ方向も悪かった。

「おい……まずいぞ」

ブランダルの言葉の通り、彼らは自分たちが置かれた状況に気づき冷や汗を流す。

ユキが吹き飛ばされたのは彼らが逃げようと考えていた出口の方向。

つまり自分たちがもっともブラックナイトに近い位置にいることになる。

それでもユキを狙ってくれるだなんて、そんな慈悲が魔物にあるはずもなく――――。

「来るぞ！　構えやがれ！」

そうして絶望が、彼らへと襲い掛かった。

——馬鹿馬鹿しい。

————こんなもの何かの間違いだ。

————僕が……僕がこんなところで終わるわけがない。


「セグリットッ！」

「うっ————あぁぁあああ！」

ブラックナイトによって切断されたセグリットの腕が、宙を舞う。

その腕に握られていた折れた剣の先が、床に落ちて音を立てた。

腕から溢れる血液が赤い水溜まりを作る。

（まずい……セグリットはもう血を流しすぎている！）

シャドウナイトに体を貫かれた際の出血は、ある程度クリオラが持っていた造血剤で補えた。

しかし当然ながらそれで完全に血液を戻しきれるわけもない。

すぐにでも今流れている血を止めなければ、失血死は免れないだろう。

幸い、今のクリオラには魔力が残っていた。

「ジオ・ヒール！」

クリオラの魔術がセグリットを包む。

その間にブランダルが前に出るが、ブラックナイトは動かなかった。

まるでセグリットの治療が終わるのを待っているかのように。

「おいおい……来いよ、ビビってんのか？」

ブランダルが冷や汗を流しながらも挑発を投げる。

しかしブラックナイトの視線は、どことなくブランダルのその向こう側にあったような気がした。

「ドウジに……」

「あ？」

突然、ブラックナイトの鉄仮面の奥からくぐもった不気味な声が響いてくる。

「ドウジに、サンニン、クビをキる。さすれば、ゴウカク。シッパイ、フゴウカク。ゲーム、カイシ」

「ッ!?　舐めてんじゃねぇぞ！」

頭に血が上った――いや、無理やり上らせたブランダルは、斧を振り上げる。

こうでもしなければ、得体のしれない者を相手にするという恐怖に挫けてしまいそうだった。

そうして叩きつけようと振り下ろした斧は、何とも呆気なく、ブラックナイトの剣によって受け止められてしまう。

ただ、それでブランダルの顔に驚愕が浮かぶなどということはない。

「──起きたなら……さっさと仕事しやがれってんだ」

いつの間にか体を起こしていたシンディが、ブラックナイトに向けて手をかざす。

「分かってるわよ」

「クリムゾンスピア！」

炎のエネルギーを集約した、紅い紅い槍。

それはブランダルの脇をすり抜け、ブラックナイトの胸へと吸い込まれていく。

一点集中の激しい熱とともに強烈な推進力がブラックナイトを襲い、その体は見事に後方へと吹き飛ばされていった。

「はぁ……はぁ……寝起きにこれはきついわね。でも、仕事はしたでしょ」

「シンディ……目を覚ましていたのですか」

「あんなヤバイやつが目の前にいたら嫌でも起こされるわよ。それより、セグリットの腕は繋げられないの？」

「時間はかかりますが、綺麗に切断されているので何とかなるかと」

「じゃあ、ちゃっちゃと頼むわね。あの黒い魔物も私のとっておきでだいぶダメージを負ったと思う……し……」

シンディの舌が回らなくなる。

それは膝が震えるほどの恐怖を感じているからだ。

彼女が魔術で吹き飛ばしたその先で、ゆっくりと黒い影が立ち上がる。

「ヒトリ、フえた。ヨニン、ドウジにクビをキる。さすれば、ゴウカク。シッパイ、フゴウカク。ゲーム、カイシ」

動きが鈍っている様子もない。

ブラックナイトの胸には、傷一つ残っていなかった。

「嘘でしょ……貫通力なら私の魔術の中で一番なのに」

攻撃魔術のスペシャリストですら、その鎧に傷一つつけられない。

いくらナイト系の魔物が魔術に強かろうが、考えられないことだった。

その事実が、思わず彼らを一歩後退らせる。

「――私としたことが……油断したな」

そんな中で、彼らの唯一の希望が立ち上がる。

崩れた壁の瓦礫を払い退け、ユキはその姿を見せた。

「ユキさん！　あなたも治療を……！」

「動きに支障はない。それよりもセグリットの方を優先しろ」

「そんな……」

彼女は頭から血を流していた。

その血が片目に入ってしまったのか、今は閉じている。

とてもじゃないが、無事とは呼べない姿だった。

「ヒトリ、フえた」

「残念だが、貴様が相手をするのは私一人だ」

瞬きほどの一瞬でブラックナイトとの距離を詰めたユキは、仕返しかのように剣を叩きつける。

ブラックナイトは剣でそれを防ぐが、その体は衝撃に耐えられず数メートル後退させられた。

「……同じ距離は吹き飛ばせなかったか」

「――キョウイランク、Sプラス。タイショウをゲンテイ。ゲームシュウリョウ、コウセンをカイシ」

「ふっ！」

再び距離を詰めたユキと、ブラックナイトがぶつかり合う。

衝撃が周囲に駆け抜け、床がひび割れた。

力は拮抗しているように思われたが、徐々にユキの方が押され始める。

（やはり力では分が悪いか）

すぐさま判断したユキは、力を拮抗させるのではなく受け流す方へと意識を変えた。

剣の角度を変え、ブラックナイトの剣を真横へずらす。

そして剣を翻(ひるがえ)しながら、ブラックナイトの肩へと叩きつけた。

しかし、その刃が肩口にめり込むことはない。

「これも駄目か」

静止した瞬間を狙い、ブラックナイトの片腕がユキの首に伸びる。

ユキは一歩引いてそれをかわしつつ、間合いを保ったまま剣を構えなおした。

その間、彼女は自分の中にある違和感について考える。

（なぜこうも手こずる……いつも通りであれば、とっくに切り抜けられるはずなのに）

レーナと戦ったときから現時点に至るまで、ユキはずっと不調を感じていた。

自身のイメージと、振った剣の軌道が合わない。

決定的な隙に踏み込めない。

退かずに済む場面で退いてしまう。

まるで血液の流れが滞ってしまっているような、そんな違和感。

「――ヒョウカ、ヘンコウ。ランクSプラスから、ランクAへ。コウセンシュウリョウ」

「っ⁉」

ブラックナイトは、突きの構えを取る。

ユキの背筋に寒気が走ると同時に、その突きは放たれた。

「ブラックショット」

真っ直ぐ胸に向けて放たれた突き。

それを防ぐべくユキは剣で弾こうと動くが、到底間に合わないほどの一撃だった。

せいぜいできたことと言えば、命中する位置を少々ずらした程度。

呆気なく、ブラックナイトの剣はユキの腹を貫いた。

（ああ――――そうか）

体から力が抜けていく最中、ユキは一つの結論に至る。

彼女から欠けていたものは、勇気。

無意識に戦いを恐れてしまったが故に、あらゆる場面で最善の行動が取れなかった。

レーナとの戦いでは、彼女の攻撃を受ける自信がなく先手を取ろうとしてしまった。

先ほどブラックナイトが首に手を伸ばしてきた際も、掴まれるリスクを恐れて身を引いたことが間違いだった。

距離さえ開かなければ、この突きは放たれなかったのだから。

「タイショウをムリョクカ。ジョウキョウ、シュウリョウ」

ユキの体から引き抜いた剣を、ブラックナイトはゆっくりと振り上げる。

(結局私は……ディオンがいなければこの程度の女だったのか)

勇気が欠けてしまったのは、絶対的に信頼しているディオンという男がいなくなってしまったからだ。

彼がいれば、ユキは危険を恐れることなく飛び込むことができる。

確かにクリオラならば彼と同じ役割を果たせるが、それでは不十分なのだ。

ディオンでなければならなかったのだ。

諦めたように、ユキは天を仰ぐ。

そうしてがくりと膝をついた彼女に、ブラックナイトの剣が振り下ろされた。

後ろで叫ぶセグリットたちの声がゆっくりと遠くなる。

そうしてユキは、目を閉じた。


「2秒——竜魔力強化(ドラゴンブースト)」

音の遠くなった世界に、それを打ち破るような轟音が響く。

思わず目を開いたユキの前には、存在するはずのない背中があった。

「――間に合った」

エメラルド色のオーラを放つその男――ディオンは、そうつぶやきながらユキへと視線を送った。

ある日、俺の住んでいた村に一人の少女が連れてこられた。

名前はユキ。ユキ・スノードロップ。

それは決して村の人間たちがつけたわけでなく、森の中で倒れていた彼女の首に、そんなネームプレートがかけられていたらしい。

ユキを拾ってきたのは、俺を育て、そして魔術を教えてくれていた爺さんだった。

『お前さんと丁度同い年くらいだろう。仲良くせい』

それからしばらく――というにはだいぶ長い時間を、俺とユキはともに過ごした。

確か初めて会ったのが4歳とかそんなときだったから、かれこれもう15年以上。

その間で俺は、ユキが自分とは違う次元にいる存在だと気づいた。

だから、想像すらしていなかったんだ。

あれだけ桁違いだった彼女が、膝をついているところなんて――。

「……ディオン？」

俺の後ろにへたり込んでいたユキが、俺の名を呼ぶ。

頭部裂傷、腹部に刺し傷。

これだけの血を流しているユキは初めて見た。

自分の中に、ふつふつと怒りが湧いてくるのを感じる。

それは彼女をこういう目に遭わせた敵に対してじゃない。

肝心なときに側にいられなかった、俺自身にだ。

「……エルドラ、少し時間を稼いでくれ。ロギアンさんは後ろの四人の護衛を」

「うん」

「了承した」

後から隣へとやってきたエルドラに正面を任せ、ロギアンさんには動けないであろうセグリットたちを任せる。

そうしてようやく、俺は体ごとユキへと向き直った。

「悪い、遅くなって」

「本当に……ディオンなんだな」

「ああ。急にいなくなったことも……その、悪かっ――」

最後まで謝罪を口にする前に、俺の体はユキによって抱きしめられていた。

「ディオン……！　お前がいなくなって、私は……！　私はっ！」

「……」

言葉を返すことができず、俺はただ彼女を抱きしめる。

ユキは泣いていた。

今まで生きてきた中で、一度も見たことのない涙だった。

こんな顔をさせてしまったのは、すべてセグリットのせいにすることもできる。

ただ、それじゃ駄目なんだと再認識した。

結局は俺が甘えていたんだ。

自分が強くなることを諦めていたんだ。

俺は体を離すと、ユキの腹に手をかざしてヒールを唱える。

頭部も同様。

こうして傷が完治した彼女は、呆気に取られた様子で俺を見上げていた。

「ここから見ていてくれ。俺が――あいつを倒すところ」

（どうして――胸がもやもやする？）

ディオンに指示を受けたエルドラは、いまだ立ち上がってこないブラックナイトのヘイトを買うべく最前線に立っていた。

しかし、意識がどうしてもディオンたちの方へ向いてしまう。

抱きしめ合っている二人を見て、エルドラはいまだかつて味わったことのないような胸の違和感に襲われていた。

「……何だか、とても不快」

誰にも聞こえないようにつぶやいたエルドラは、ここで意識を切り替えた。

瓦礫を吹き飛ばし、ブラックナイトが立ち上がる。

エルドラはやるべきことをやるべく、視線をブラックナイトへと向けた。

「ランクSプラス、フクスウタイシュツゲン。コウセンをサイカイ」

「……倒しちゃったらどうしよう」

暢気(のんき)なことをつぶやくエルドラに対し、ブラックナイトが襲い掛かる。

ユキ以外は誰も反応できなかった速度のある一撃。

しかしエルドラは、真上から振り下ろされた剣を蹴り飛ばすことで弾いてしまった。

「遅いよ？」

エルドラはブラックナイトの懐に飛び込むと、胸に対して掌底を叩き込む。

シンディのクリムゾンスピアを受けた際よりも大きな衝撃がブラックナイトを貫き、後方へと吹き飛ばした。

「――タイショウ、ランクSSにヘンコウ。リミッターカイジョ」

跳ね上がるように起きたブラックナイトは、両手に漆黒の剣を創造する。

単純に手数が二倍になったと考えれば、ブラックナイトに苦戦した者たちはその脅威度が分かるはずだ。

「頑丈……面倒くさいタイプ」

ブラックナイトは今までにない速度でエルドラに襲い掛かる。

両手の剣による目にもとまらぬ連続攻撃――。

命中すれば、人間の体など瞬く間に細切れになってしまうだろう。

命中すれば、の話だが。

「最初からやればいいのに」

エルドラは最低限の動きで、それをかわしていく。

華麗なステップを交ぜたその動きは、髪の一本すら剣に掠らせない。

やがて痺れを切らしたブラックナイトは、一歩下がると同時に両腕を引き絞った。

「――ブラックヴァイツ」

それはユキを貫いた一撃――ブラックショットと非常に酷似していた。

一本のときですら回避不能の速度で繰り出されたその一撃が、さらにもう一つ。

加えてユキに放ったそれよりも、速度が上がっていた。

(これは避けられない……)

その速度は、エルドラですら簡単に避けられるものではなかったらしい。

避けられないのであればと、エルドラはこの攻撃がどこに命中するか、その一点だけを見極める。

「竜ノ鱗（ドラゴンメイル）」

二本の剣先がエルドラの腹部に命中した瞬間、甲高い音が響き渡る。

彼女の腹部には、本来の姿の一部である鱗が浮かび上がっていた。

それによって剣はエルドラの体を貫くことはなかった――が。

「うっ……！」

エルドラがうめき声を上げると同時に、その体はディオンのいる方向へと吹き飛ばされてしまう。

剣が身を傷つけることはなかったが、勢いを殺すことはできなかったのだ。

空中で体勢を立て直したエルドラは、すぐさま着地する。

そうして彼女は、一つため息を吐いた。

ダメージがあったわけではない。

自分の出番がここまでであることを悟ったのだ。

「――もうおしまい？」

「ああ、交代だ。エルドラはロギアンさんに合流してくれ」

「……分かった」

エルドラは一つ頷くと、前に出てきたディオンと入れ替わる。

すれ違いざま、彼女はディオンにこう告げた。

「思ったよりも速い攻撃がある。かなり危険。大丈夫？」

「危険は最初から承知だよ。それでも、俺にやらせてほしい」

彼の表情を見たエルドラは、口を噤む。

ディオンは、覚悟を決めた者の顔をしていた。

それ以上何も告げることなく下がったエルドラは、ふと、背後に目を向ける。

視線の先で、ユキがふらつきながらも何とか立ち上がろうとしていた。

「何、してるの？」

「ディオンと共に戦うんだ。彼ではあの魔物は倒せない……私が前線に立たなければ――」

「駄目」

「なっ⁉」

エルドラはユキに足を引っかけると、そのまま転ばせる。

驚くユキをよそに、エルドラは素知らぬ顔で前を向いた。

「今のディオンは、もうあなたの知っているディオンじゃない」

「……どういう意味だ」

「見ていれば、分かる」

それきり、今度こそエルドラが口を開くことはなくなった。

何か言いたげな様子を見せていたユキであったが、新しく出現した圧倒的な気配を察知し、顔を上げる。

その目線の先には、ディオンが立っていた。

姿形は、間違いなくユキの知っている彼である。

しかしその存在感は、到底ユキの知っているそれではなかった。

俺の目の前に立つ魔物、ブラックナイト。

エルドラとの戦闘を見た限り、まだ余力を残している気配がある。

それでも――。

「どうしてだろうな。負ける気がしない」

レーナさんとの戦いから、体の調子がどんどんよくなっているのを感じる。

これが血が馴染んだということなのだろうか。

ここまでの人生で、間違いなく今がベストコンディション。

加えて今まさに更新され続けている。

（今なら6分は動ける……）

道中で何度か細かく竜魔力強化（ドラゴンブースト）を使ったが、それを差し引いてもまだ6分間は発動していられる。

ブラックナイトは、まだエルドラを見ていた。

もっとも脅威なのは彼女であると認識しているらしい。

それはそうだろう。

現状、この力関係を覆せるだけの自信はない。

「――こっちを見ろ」

ただ、今は俺の相手をしてくれないと困るのだ。

俺は正面からブラックナイトへと迫る。

それに気づいたやつが剣を構えると同時に、俺は魔力を全身に流した。

「竜魔力強化ッ！」


強化と同時に床が弾けるほどの力で踏み込み、方向転換。

すぐさまやつの真後ろへと回り込む。

完全に後ろを取った――と思われたが。

「……っ！」

ブラックナイトは体を反転させ、俺の速度に反応する。

その際に振られた剣が、俺の頬すれすれを通り抜けていった。

わずかに掠っていたらしく、じんわりと頬が熱い。

（この程度じゃ反応されるか）

俺は頬を伝う血を腕で拭う。

もうそこに傷はない。

俺の体は常に回復魔術が発動している状態だ。

細かな傷などすぐに治ってしまう。

問題なのは、重傷を負ってしまうこと。

そうすれば回復に魔力を取られ、発動時間がどんどん少なくなる。

（一撃でも体で受ければ致命傷、おそらく1分間程度の魔力は持っていかれる……それでも、恐れている場合じゃない）

一撃くらいは覚悟する。

それだけの気持ちを持って、俺は再びブラックナイトの間合いへ踏み込んだ。

（入る……！）

おそらく反射的に突き出したであろう剣をかわし、俺はブラックナイトの懐へと飛び込んだ。

覚悟を持って踏み込んだのが功を奏したらしい。

そのまま腹部目掛けて拳を叩き込む。

「竜ノ左腕（リンクス・アルム・ドラッヘ）！」

普段の強化以上の力を込めた、左の拳。

それはブラックナイトを穿つような衝撃を与え、その図体を吹き飛ばした。

「ゴガ――――」

壁まで叩きつけられたブラックナイトから、奇妙なうめき声が漏れる。

どうやらダメージが入ったらしい。

（追撃を……っ⁉）

壁に追い詰めた今が好機だと、俺は再び飛び込もうとする。

しかし、なぜか俺の足はその場でぴたりと止まった。

自分の意思とは関係なく、本能が止めたのだ。

「……俺もまだまだだ」

ブラックナイトは壁に背を預けながらも、しっかりと目線と剣先を俺へと向けていた。

もし勝機だと勘違いして飛び込んでいれば、エルドラが吹き飛ばされた技で俺も仕留められていただろう。

血が馴染んだおかげか、かろうじて察知することができた。

「タイショウ、ランクSプラスからランクSSにヘンコウ」

「ようやくスタート地点か」

やつの気配が切り替わる。

しかしまだ、余裕が消えない。

(それは俺も同じか……)

あれから思いついた技がまだいくつかある。

それがどこまで通用するかは分からないが、間違いなく俺の切り札だ。

叩き込むには、隙を作る必要がある。

「ふーっ……行くか」

今の俺に受けの技術などありはしない。

ならば、攻めて攻めて切り崩すしかないのだ。

「何だ……あの動きは」

ユキはディオンとブラックナイトの戦いを眺めながら、驚愕の表情を浮かべていた。

彼女自身も理解している。

ディオンという男は、回復魔術師という立場があってこそのBランク冒険者だった。

逆に言ってしまえば、それがなければBランクにすら満たない存在だったのだ。

そんな彼が――――。

「あれが、今のディオン。あなたたちに切り捨てられた後、掴み取った力だよ」

「切り捨てられた……？　待て、私はそんなことをした覚えは」

「あなたはそうかもしれないけれど、後ろの人間たちは？」

「……」

ユキはハッとした顔で、ロギアンに守られている彼らへ視線を向ける。

特に、セグリット。

彼は唖然とした様子でディオンの戦いを眺めているため、ユキの視線には気づかない。

「私は……騙されていたのか？」

これまで、ユキは無意識下でセグリットたちを仲間だと認識していなかった。

パーティの数合わせ――初めメンバーを集めたときから、その認識は変わらない。

結局のところ、ユキはディオンさえいればよかったのだ。

故にセグリットたちの人となりを正しく把握できないまま、ユキはここに立っている。

騙されたのではなく、そもそも眼中になかったことが今回の事態を招いたと言っても過言ではない。

「――なぜ」

ユキは苦虫を噛み潰したような表情で、言葉を漏らす。

「なぜ、ディオンは貴様と共にいた。貴様は……何者だ？」

「……私とディオンは、黒の迷宮で命を分け合った。だから彼も生きてるし、私も生きてる。あの力は、そのときに得たもの」


――それ以上は、今のあなたには語らない。


最後にそう付け加えて、エルドラはユキを突き放す。

ユキは目頭に浮かびそうになった涙を、唇を噛んで耐えた。

自分の知らないディオンを、目の前の女が知っている。

それがユキの今まで生きてきた中で、もっとも心を揺さぶる事実だった。

本当に小さい頃から生活をともにして、もはや知らないことなどないと感じていた彼女にとっては――――。

「……悔しいのは、私も一緒」

俯き肩を震わせるユキを見て、エルドラは眉を下げた。

か細いつぶやきが彼女に届いた様子はなく、エルドラは顔を上げる。

その目線の先では、さらに激化した戦いが繰り広げられようとしていた。

体をそらして剣をかわし、拳を叩きつける。

何度も何度もそれを繰り返した。

しかしそのほとんどが有効打にはならない。

常に一撃必殺の斬撃の嵐に踏み込んでいくのは、いくら頭で考えていても体が思うように動いてくれないのだ。

（せめてさっきの竜ノ左腕（リンクス・アルム・ドラッヘ）と同じだけ踏み込まないと駄目か……！）


すでに時間は1分以上経過し、さらに竜ノ左腕（リンクス・アルム・ドラッヘ）で20秒程度消費した。

竜魔力強化の残り時間は、少なく見積もって3分半から4分。

まだ時間はあるとはいえ、このままではいつまで経っても決定打が生まれない。

ここで時間を多めに消費してでも、大技を叩き込む必要がある。

「それなら……！」

俺は床を蹴って距離を取ると、背中に背負っていた神剣シュヴァルツを抜く。

そのままの勢いで振りかぶり、魔力を流し込んだ。

「30秒──」

流し込んだ魔力は、竜魔力強化30秒分。

そうして振り下ろされた剣は、極限まで圧縮された魔力の奔流を放つ。

巨大な斬撃──目に見えるようになったそれは、真っ直ぐブラックナイトへと襲い掛かった。

「キョウイド、ランクSS。サイシュウリミッター、カイジョ」

ブラックナイトは両腕の剣を大きく振りかぶると、交差させるようにして斬撃に叩きつけた。

衝撃波が周囲に駆け抜け、力と力が拮抗する。

「……いや」

拮抗したのはほんのわずかな時間だけ。

その時間が過ぎてしまえば、先に限界が来たのはブラックナイトの方だった。

パキンと間が抜けた音がしたと思えば、ブラックナイトの剣はその交差した部分から真っ二つに折れてしまう。

威力はかなり抑えられたものの、俺の斬撃は確実にブラックナイトの体をとらえた。

ブラックナイトの背後にあった壁を抉る際の轟音が響く。

やがて舞い上がった煙の中から現れたやつの体は、左半分が大きく抉られていた。

かろうじて右足だけで立っているが、ブラックナイト自身の気配が大きく弱まったのが分かる。

間違いなく、あと一撃で仕留められる範囲まで追い詰めた。

「ソンショウリツ、68パーセント。キケンイキ、シュウフクカイシ――」

「させるかよ」

まだ俺は竜魔力強化を解除していない。

すぐさま距離を詰め、ブラックナイトの頭を鷲掴む。

「うおぉぉぉぉ!」

雄叫びと共に、ブラックナイトの体を宙へ投げ飛ばす。

それと同時に俺は跳び上がり、空中で体を反転。

天井を足場にして、身動きの取れないブラックナイトへ向けて急降下した。

「60秒――竜ノ右腕(レヒト・アルム・ドラッヘ)ッ！」

俺というキャパシティーの中に注げる限界の魔力、それが竜魔力強化60秒分。

まさにフルパワーと言えるその一撃を、真上からブラックナイトの胴体へと叩き込む。

そのままやつの体は床へと叩きつけられたのだが、そこで俺の頭には困惑が広がった。

(何だ……この違和感は)

俺は着地すると同時に、ブラックナイトの様子へ目を向ける。

確実に命中した。

そのはずなのに、拳に感じた手応えがあまりに軽い。

そしてその違和感は、すぐに光景となって現れた。

「なっ……」

俺の目の前で、突然ブラックナイトの体が溶けて消える。

黒い液体となり、まるで地面にしみ込むかのようにその場から姿を消したのだ。

「――ブラックショット」

「ッ!?」

背後から声が聞こえたときには、もう遅い。

俺が振り返る前に、俺の胸を黒い刃が貫いた。

込み上げる血液を口の端からこぼしながら、俺は振り向く。

そこには、俺の影から上半身だけを生やしたブラックナイトがいた。

（これはシャドウナイトの力……！）

胸に刺さった剣に捻りを加え、ブラックナイトは俺の内臓を確実に破壊する。

そのまま剣を引き抜かれれば、もはや立っていられないほどの喪失感が俺を襲ってきた。

（大丈夫、回復は間に合う……！）

問題なのは時間だ。

自動回復に持っていかれた魔力は、竜魔力強化で計算して1分強。

残り時間で言えば1分もない。

「くそっ……！」

回復しきると同時に体を翻せば、ブラックナイトはいまだゆっくりと影から這い出てきていた。

その体はどこからどう見ても五体満足。

影の中で体を再生させてしまったらしい。

焦りが募る俺は、その隙を突く形でシュヴァルツを振るう。

しかしその攻撃は俺に何の手応えも与えてくれなかった。

ブラックナイトが再び影に潜ったのだ。

（俺の周りにある影は俺自身の分しかない……！　ここさえ警戒しておけば――）

そんな希望的観測から、俺は自身の足元を警戒する。

しかしやつの考えは想像以上に狡猾（こうかつ）だった。

「何だ……この影」

俺の影の隣に、もう一つ人間大の影が生まれる。

思わず視線を持ち上げれば、すでに触れられる距離にブラックナイトの姿があった。

「天井の装飾の影か……ッ！」

度々足元を利用することで、真上にできる影から意識をそらされた。

それでもかろうじて反応が間に合ったのは、俺が竜魔力強化状態であったからに他ならない。

落下のエネルギーすらも利用した斬撃をブラックナイトは繰り出してくるが、シュヴァルツで何とか受け止めることに成功する。

強烈な衝撃が全身を駆け抜け、腕と足がミシミシと悲鳴を上げた。

分の悪さを感じた俺は、強化を強めて一気に押し返す。

ブラックナイトは空中で二転すると、俺の間合いの外に着地した。

（まずいな……もう30秒しかない）

呼吸を整え、強化を緩めた。

こうすることで、時間を節約する。

しかし、すぐに強化し直す羽目になった。

「お見通しかよ」

ブラックナイトは俺が強化を緩めるのを見た瞬間、小細工なしで飛びかかってくる。

おそらくだが、俺の戦闘時間に限りがあることを見抜かれたらしい。

このまま俺に竜魔力強化を使わせ続け、削りきる魂胆（こんたん）だ。

その証拠に、攻めると同時に身を引いて距離を置かれる。

これで俺は強化時間を節約できない。

何度も何度も繰り返されれば、やがて俺の強化時間は10秒を切ってしまう。

「……やめだ」

俺はそこで諦めた。

両腕をだらりと下げ、いわゆる棒立ちの姿勢である。

このまま耐えていても、魔力が尽きた瞬間に俺は死ぬ。

魔力回復のポーションを飲む隙もない。

ならば……。

「ブラックヴァイツ」

最後まで油断のならないやつだ。

ブラックナイトは両腕の剣を構えると、神速の突きを放つ。

その二つの刃は、呆気なく俺の体を貫いた。

「ごほっ。仕方……ないよな。もう、こうするしか」

体にねじ込まれた異物が、俺の嘔吐を誘う。

口からこぼれるのは、大量の血液。

誰がどう見ても致命傷だろう。

だけど――。

「――捕まえた」

俺はブラックナイトの腕を強く掴む。

すでに生命維持のために魔力を使っているため、もう強化している余裕はない。

強化によって崩壊する体を修繕する必要があれば、だが。

「最後の最後の奥の手だ……！」

俺はシュヴァルツを床に落とし、代わりにその拳を引き絞る。

ブラックナイトは逃げられない。

影に逃げようにも、俺がやつの腕を掴んでいるからだ。

これなら、ちゃんと当てられる。

「オーバータイムッ！　竜ノ剛腕（シュタルク・アルム・ドラッヘ）！」

破壊的な光が集約した拳を、ブラックナイトの顔へと叩き込む。

音を置き去りにするほどの強烈な衝撃が駆け抜け、ダンジョンを少し揺らした。

距離なども関係なく、遥か向こうに存在する壁にすら大きなヒビが入る。

そうして眼前に残ったのは、上半身が吹き飛んだブラックナイトだけだった。

力なく崩れ落ちたブラックナイトの体が、やがては粒子となり消えていく。

今度こそ完全に倒すことができたらしい。

「うっ……！」

それを見届けると同時に、俺の体は激痛とともにその場に崩れ落ちる。

回復魔術に使う分の魔力をほとんど火力面に回したせいで、俺の体は竜魔力強化のデメリットを治しきれていなかった。

骨が端から砕けていく。

内臓がかき乱され、神経がぶちぶちと千切れていく。

「――――ディオン！」

意識を失う間際、遠くから俺を呼ぶ声がした気がした。

「ディオン！」

ユキが我に返ったのは、目の前にいたエルドラが彼の名を呼んだときだった。

エルドラはディオンに駆け寄ると、自身の懐から取り出した治癒のハイポーションを彼の体に振りかける。

しかし体は治り始めたはずなのに、彼の顔色は見る見るうちに悪くなっていった。

このときのエルドラは理解していなかったが、実は今のディオンは魔力が枯渇したときに陥る魔力欠乏症という症状に侵されていたのである。

エルドラは人間から見れば無尽蔵に近い魔力を持っているが故に、あまりにもその症状とは無縁だった。

だからこそ焦りが生まれる。

「……魔力欠乏症だ。今すぐこれを飲ませろ」

「え？」

何をすればいいか分からなかったエルドラの隣に、ユキが立つ。

彼女の手には魔力回復のハイポーションが握られていた。

差し出されたそれを受け取ったエルドラは、ユキの顔を見る。

「……感謝する。これは借り」

「ディオンを救いたい気持ちは同じはずだ。ただ……後でディオンの力については教えてもらうぞ」

エルドラは一瞬の逡巡（しゅんじゅん）の後に頷く。

そうしてポーション容器のコルクを外した彼女は、ディオンの頭を膝の上に乗せて少しずつ中身を口から流し込んだ。

ポーションが体にしみ込んだ頃には、ディオンの顔色は徐々に回復し始める。

「どうやら落ち着いたようだな」

「うん……安心」

安らかな表情を浮かべているディオンを見て、エルドラは彼の額をそっと撫でた。

そんな二人を傍から見ているユキは、自身の胸の奥に芽生えた痛みに顔をしかめる。

(ディオンの一番近くにいるのは……ずっと私だと思っていたんだがな)

あれだけ長く時間をともにしたはずなのに、いつの間にか幼馴染が遠い場所に行ってしまった。

その喪失感が、ユキの胸の痛みの正体である。

「……取り込み中すまない。少しいいか？」

「ロギアン？」

エルドラの側に寄ってきたロギアンは、視線をディオンに向けたまま口を開く。

「俺はこのダンジョンの危険性を報告するため、一刻も早く外へ出ようと思う。お前たちとはここで一度お別れだ」

「そう……多分ディオンもそれがいいって言うと思う」

ロギアンは背を向けると、入ってきた扉の方へと歩き出す。

しかし一度足を止め、再び口を開いた。

「その男が起きたら伝えておいてくれ。お前の実力は見せてもらった。お前が正しかった……と」

「そういうのは、きっと自分で伝えた方がいいと思う」

「ふっ……それも、そうだな。忘れてくれ」

最後に笑みを含んだ言葉を残して、ロギアンはこの場を去る。

去り際、彼は自分が背後に守っていた四人のうちの一人の男に視線を寄せた。

「何だぁ？　オレの面に何かついてるか？」

「……いや、すまない。特に訳はないんだ」

ロギアンは一言謝罪を挟み、門番の部屋を出る。

――ブランダルはずっと笑みを浮かべていた。

その視線はディオンに向けられており、目にはギラギラと好奇心が光っている。

「おい、あの男は前からあんだけ強かったのか？」

「え……？　い、いえ、私の知っている彼はただの回復魔術師だったはずですが……」

突然問われたクリオラは、困惑気味に答える。

ブランダルは益々口角を吊り上げた。

クリオラもシンディもセグリットも、それには気づかない。

皆一様に目の前で起きたことを受け入れられていないからだ。

（そうか……！　そうか！　分けたな、エルドラよ。無意識かどうかは分からぬが、お主は確かに選んだ！　愉快だ……！　実に！　実に！）

ゆらりと、ブランダルの体から黒い瘴気が立ち上る。

漏れ出していると表現するのが正しいか——彼の中に潜む『ナニカ』が周りに気づかれるまで、そう時間はかからない。

◇◇◇

ゆっくりと、まるで暗い水の中から浮かび上がるかのように、俺はまどろみから生還する。

わずかな倦怠感と共に目を覚ませば、目の前には美しい金色が広がっていた。

それをたどっていけば、やがて俺のよく知る顔へと行き着く。

「ディオン、気分はどう？」

「……だいぶマシだ」

「そう。こっちの人が魔力回復ポーションを飲ませればいいって教えてくれた。だから助けられた」

「そうか……」

視線を横にずらせば、浮かない顔をしたユキがそこにいた。

今まで生きてきて一度も見たことのないような顔だ。

いや——確か自分の生い立ちについて思いを巡らせているときも、同じような表情を浮かべていたような気がする。

おそらく、答えのない思考の波に揺られているのだろう。

「なぜだ！」

そのとき、ユキやエルドラの向こう側から怒鳴り声が聞こえた。

全員の注意が向いた先には、セグリットが立っている。

彼は怒りやら困惑やらが入り混じった顔で、俺を見ていた。

「あの状況で黒の迷宮から脱出することなんて万が一もあり得ないはずだ！　君は本当にディオンなのか⁉　どうやって生き延びた！　さっきの力は何だ！」

「セグリット……俺に、その問いに答える義務はないだろ。あんたとは口も利きたくもない」

「っ！　回復魔術師ごときがッ！　どれだけ僕に助けられてきたか忘れたか⁉　そもそも、僕らが見逃していなければ君はここにいなかったんだぞ⁉」

——呆れて物も言えない。

錯乱したセグリットの頭の中では、そういうことになっているようだ。

彼がここでどういった戦いをしたのかは分からないが、きっと自分が敵わなかったブラックナイトという敵を俺に倒されて、気が立っているのだろう。

　ここまでプライドが高いともはや恐怖すら覚える。

「……ディオン。あの人倒していい？」

「いや、お前たちはここにいてくれ」

　俺がエルドラの言葉に答える前に、ユキが口を挟む。

　そうして彼女はセグリットへと近づいていった。

「あっ……ゆ、ユキさん……これはその」

「私も、お前の顔はあまり見たくない」

「ぶっ――」

　ユキが拳を叩きつければ、セグリットの体は宙を舞う。

　床を跳ねるようにして転がり、やがて壁に叩きつけられる形でその動きは止まった。

「セグリット⁉」

　シンディは驚いた声を上げると、がくりと項垂れたセグリットへ駆け寄っていく。

　そんな二人に背を向けて、ユキは俺たちの元へと戻ってきた。

「……すまなかった、ディオン。セグリットたちを睨んでおかなかったのは、私の失態だ」

「ユキの責任じゃない。お前の足を引っ張っていたのは事実だと思うし、それは俺にとってずっと劣等感の原因でもあったから」

　セグリットのことは許せない。

　許せるわけがない。

ただ、おかげでエルドラと出会えた。

「ユキ、俺少しは強くなっただろ？」

「ああ、驚いたよ」

「全部ここにいるエルドラのおかげなんだ。訳はここから出た後にちゃんと――」


――血を分けてもらったんだろ？


俺の言葉を遮るように、声が聞こえた。

声の主は、エルドラに敗北したブランダルとかいう男。

しかしギルドで会ったときの彼とは雰囲気がまるで違う。

思わず冷や汗が滲み出てしまうような、底冷えする存在と化していた。

違う、と。

思わず口から言葉が漏れていた。

「あんた……誰だ？」

「ククク……アハハハハハハハハ！」

その笑い声は、男の喉から出ているはずなのになぜか女性の声のようにも聞こえた。

次第に男と女の声が混ざり始め、不快感が湧き出てくる。

『お初にお目にかかる、人間ども。そして久々よのう、エルドラよ』

ブランダルの体から、黒い瘴気が噴き出す。

それは一瞬ブラックナイトを彷彿とさせるが、やつよりも色濃く、そして禍々しいものだと理解してしまった。

あれはエルドラと同じく、人の身で敵う存在じゃない。

「どうして……ここにいるの」

『連れぬことを言うな。霊峰から落ちたお主を追って――というのは冗談だが、我にも我なりの目的があるのだよ』

エルドラの問いに答えながら、黒い瘴気は人の形を成していく。

やがて現れたのは、艶やかな黒い髪を持つ女。

顔つきや体型はどことなくエルドラに似ており、吸い込まれてしまいそうなほどの美がそこにあった。

黒い衣をまとった彼女は、ゆっくりと俺たちの方へと歩み寄ってくる。

その目に敵意が存在しないことが、逆に恐ろしい。

「エルドラ……彼女はいったい何だ」

「……あれは、私を下界に落とした張本人」


神竜、アビス――。

ここで初めて聞いたその名は、俺の今後の人生に大きく関わる存在の名前だった。

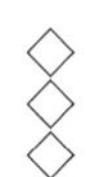

「ディオン……下がって」

　エルドラは俺を手で制しながら、前へ出る。

　神竜アビス――彼女はそんな俺たちを嘲笑っていた。

「ああ、愉快愉快。なぜ下等生物である人間を守るのか、我には理解できんな」

「人間だからじゃない。ディオンは私の大切な人。だから守る」

「ほう。ならばそれを壊してしまえば、お主はさらに絶望へと落ちるということか？」

「……あのときとは違う。絶対に好きにはさせない」

　竜と竜が睨み合う。

　その瞬間、俺はその場から一歩たりとも動けなくなった。


　――今分かった。

　アビスは俺たちに敵意がなかったわけではなく、敵とすら認識されていなかったということ。

　ただ殺気をぶつけ合っているだけで、戦いの外にいるはずの俺は身震いが止まらない。

　この場から逃げろと、脳が絶えず命令を出そうとしている。

　しかし、その命令が実行に移されることはなかった。

「……やめだ。やめやめ。こんな狭い場所でお主とやり合ったところで面白くもなんともない。我々は天に生きる種族、そうじゃろう？」

ぶつかり合っていた殺気が消失する。

俺はそこでようやく自分が息を止めていたことに気づいた。

胸を押さえて懸命に息を吸う中、瞬きほどの一瞬でアビスの姿が消える。

次に彼女の存在を認識できたのは、背後から声がしたときだった。

いつの間にか、アビスは門番が倒れたことによって開いた扉の前に立っている。

「今日のところは見逃してやろう。我はこの先に用があるでな。お主らはさっさと去ね。残念ながらずとも、そう遠くないうちにまた顔を出してやるからの」

「……もう二度と来なくていい」

「そう邪険にするでないぞ、エルドラよ。同郷のよしみで今後も仲良うしようではないか」

嬉しげに、楽しげに、愉快げに、アビスは口角を吊り上げて笑う。

そうして扉の先に広がる闇の中に、その姿を溶かしていった。

もうその後ろ姿すら目でとらえることはできない。

「エルドラ――」

「大丈夫。あなたは私が守る」

俺の声を遮るようにして、エルドラはそう口にした。

ただ、俺が言いたかったのはそんな自分の心配じゃない。

むしろエルドラのことを心配していた。

今までに見たこともない気負ったような表情をしているその顔が、やけに強く印象に残ってしまったから。

この日、俺たちは全員でダンジョンからの脱出に成功する。

幸いなことに帰路は魔物に襲われることはなく、誰もこれ以上の負傷はなかった。

今思えば、魔物たちは先へと進んだ存在への対応で追われていたのかもしれない。

先に帰還したロギアンさんの報告によって、城の迷宮は【白の迷宮】へと名を変え、ランクはSへと変更された。

しかし、それから2日後のこと。

何者かによって【白の迷宮】は攻略され、その目まぐるしい展開から大きな話題となった。

レーゲンの街では攻略者となった冒険者の捜索が始まったが、当然その正体にたどり着ける者はいない。


あの場所にいた、俺たちを除いて。

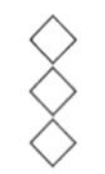

「……そろそろ雨季が来るな」
ギルドの窓から外を眺めていたレーナさんは、誰に聞かせるでもなくそうつぶやいた。
確かに外は昼間であるのに薄暗く、重い雲が空を覆っている。

気分すら憂鬱になるような、そんな天気だ。

「悪いな、呼び出したりなんかして。改めて白の迷宮の件で礼が言いたくてな」

「礼だなんてそんな……」

「謙遜すんなよ。危うく優秀な冒険者どもを一気に失うところだったんだ。この界隈の大きな損害を回避したんだぞ？」

俺は何とも言えない心境になり、思わず頭を掻く。

結局のところ、白の迷宮内で死傷者は出なかった。

ブランダルはセグリットたちと共に行動し始めた辺りから記憶がなかったらしく、体を乗っ取られていたことが分かった。

それに伴い普段以上に体を酷使されたせいで、現在は酷い筋肉痛で寝込んでいる。

クリオラが治してやればいいと常識的には思うかもしれないが、実は筋肉痛に対して回復魔術を使うのは推奨されない。

他人から負わされた怪我とは違い、筋肉痛は再生することによって体が頑丈になる類のもの。

だから自然治癒させた方が今後のためになるのだ。

「そんで……お前らは白の迷宮を攻略したってやつに心当たりはねぇか？」

その問いかけにピクリと肩が跳ね、思わず口を噤んでしまう。

何と答えたものか俺には分からない。

そこで恐る恐る、俺の視線はエルドラへと吸い込まれた。

「……私は知ってる。私の知り合いだから」

「何だと？」

エルドラは手を持ち上げると、その一部を竜の物へと変える。

それを見たレーナさんは一瞬目を見開くが、すぐに笑みを浮かべた。

「はっ、悪ぃな。実はもう聞いちまってたんだよ」

「そうなの？」

「ああ、ケールからな。そんでお前の強さにも納得がいったんだよ。……で、エルドラの知り合いってこたぁそいつも竜ってことか？」

「うん。神竜アビス。私が下界に落ちる原因になった竜」

「霊峰から竜が下りてくるなんざ何事かと思えば……結構複雑な事情がありそうだな」

レーナさんは足を組んで、顎に手を当てる。

「――竜が迷宮の攻略を目指す……となりゃ目的はボスを倒した後のアイテムか」

「でも……エルドラも含めて竜の強さはよく知ってます。そんな連中がアイテムを必要とするでしょうか？」

「まあ、普通はそう考えるよな」

どこからか紙とペンを取り出したレーナさんは、何かを書き記し始める。

のぞいてみれば、それはFからA、そしてSの文字だった。

「ダンジョンはこの文字たちでランクを定める、これは常識だな？」

「はい」

「FからA、ここまでは明確な基準を持ってランクを定める。ただ、Sランクだけは特別な基準があるんだ」

Sの文字を丸で囲ったレーナさんは、そこをとんとんとペンの先で叩いた。

「武器以上の価値がある特別なアイテムが存在する可能性――これがもっとも考慮される」

「特別なアイテム？」

「伝説上のアイテムさ。聖剣やら魔剣、はたまた神剣なんて名がつく武器だったり、賢者の石とまで呼ばれる特別な魔石だったりな」

「神剣……」

俺は背中に背負った神剣シュヴァルツに意識を向ける。

ダンジョンのアイテムが語りかけてくるなんて、初めての経験だった。

それが特別なことだと言われれば、確かにそうかもしれない。

「もちろん脅威度が一番目立つ特徴にはなるがな。そういったアイテムが存在するダンジョンは、それを守るために必然的にランクが上がるもんさ。それこそ、Aランクとは比べ物にならないくらいに」

「とは言え……あくまで人にとっての特別なんじゃないんですか？　まだ竜にそのアイテムたちが必要だとは――」

「特別ってのはな、強さとかそういうもんじゃねぇんだ」

――あくまで伝説上の話だぞ？

レーナさんはそう前置きして、言葉を続ける。

「人類への試練のために現れたとされるダンジョン、その中でも特に攻略が困難なダンジョンをすべて攻略したとき、さらなる試練への扉が開く。その試練すらも乗り越えたとき、永遠の幸福が約束されるだろう……って話だ」

「永遠の幸福……」

「それが何なのかは分からないが、どんなものか分からない以上は誰が欲しがっても不思議じゃねぇ。それに、あたしらよりも遥かに長い時間を生きてる竜だったらそれ以上の伝承も知ってるかもしれねぇな」

「欲しがっていてもおかしくはないってことですね」

「おうよ。けど、ずりぃよな。人間向けの試練だぜ？　それを竜が攻略しちまったんじゃ立つ瀬がねぇよ」

レーナさんのその発言をきっかけに、重い沈黙が流れる。

正直、耳が痛かった。

実際俺もエルドラの力を借りているわけで、人類から見れば卑怯と言ってしまっていい環境かもしれない。

しかし、妙に重かったこの場の空気はレーナさんが手を合わせた際の音で霧散した。

「だったら、こっちもずるしなきゃだよな！」

「へ？」

「向こうが竜で来るなら、こっちも竜で対抗しなきゃだろ。ディオン、そんでエルドラ。お前らがその竜に対抗するこっちの武器だ」

俺は呆気に取られていた。

しかしエルドラは納得した様子で、なぜか目を輝かせている。

「任せてほしい。アビスの好きにはさせない」

「おうよ。そんな仲間を引きずり落とすような輩に負けるわけにゃいかねぇ。お前らで先に奪っちまえ。あ、けど今まで以上にエルドラの正体を明かすときは慎重にな。この世界にゃ人間至上主義の宗教なんかもあるくらいだ。下手に目立てば反感を買うぜ」

「大丈夫、その辺りよく分からない対応はディオンに任せる」

俺かよと、思わず口から言葉が飛び出していた。

ようやく和やかな空気が戻ってくる。

俺は安心して、胸を撫で下ろした。

「分かりました。今まで以上にエルドラの正体については気を使います。そして……アビスよりも先に、他のSランクダンジョンを攻略します」

「その意気だぜ。あたしも全力でサポートしてやるからよ、困ったことがありゃ遠慮なく言えよな」

「はい、ありがとうございます」

目標ができると、人は前向きになれるものだ。

モヤモヤしていた気持ちが少し晴れやかになり、少し軽い足取りでギルドから外へ出る。

「……待っていたぞ、ディオン」

そんな俺たちを待ち受けていたのは、なぜかギルドの前で仁王立ちしていたユキ。

気持ちが晴れたのも束の間、なぜか嫌な予感がする。

修羅場という言葉が、どういうわけだか頭から離れなかった。

「ゆ、ユキ……どうしたんだ？」

「ディオンに用があってな。お前の用事は済んだのか？」

「ああ、今終わったところだけど」

俺の言葉を聞いたユキは、真剣な顔つきで一歩距離を詰めてくる。

思わず仰け反ってしまうくらいには妙な迫力を感じた。

「ディオン、お前はこれからどうするんだ？」

「ど、どうするって――」

「私はお前にパーティに戻ってきてほしい。私にはお前が必要だ」

思わず口を噤む。

傍から見れば、これほど光栄なことはないのだろう。

Sランク冒険者として名高いユキ・スノードロップに誘われているのだ。

一般冒険者なら即答で食いつく案件。

しかし俺は後ろ向きに考えていた。

「悪いけど、俺は……」

「ディオンは私といるから、もう他の人のところには行かない」

「え？」

突然腕を強く引かれ、俺はエルドラに抱き込まれる。

二の腕に触れる二つの柔らかな感触に思考がショートした。

混乱と激しい動悸の中で恐る恐る目の前のユキに顔を向ければ、今まで見たこともないような、まさしく氷の女王とでも形容すべき表情を浮かべていた。

普段どちらかと言えば強気な顔をしているユキだが、怒りを覚えたときは異様に冷たい顔をする。

今回はそれの究極系だ。

ただ、ここは男として俺も言わなければならないことがある。

「ユキ……俺はお前のパーティに戻るつもりはないよ。俺はもうエルドラと一緒にいるって決めた。それに……セグリットや、シンディもそっちにはまだいるだろ？　だからここで――」

「ならば、私もディオンのパーティへと入ろう」

「は？」

さっきからまるで思考が追いついていない。

俺が素っ頓狂（すっとんきょう）な声を上げた頃には、空いている方の腕はユキによって絡め取られていた。

胸当てによって柔らかさなどは伝わってこないが、確かな体温はよくよく感じられてしまう。

「ディオンも男だ……こ、こうすれば喜ぶのだろう？」

「い、いや!?　そりゃ悪い気はしないけど今やることじゃ」

「何だっ、不満か？」

いつになく頬を赤らめ、ユキは必死に俺の腕にしがみついている。

ああ、どうすればいいのか。

「ゆ、ユキさん……？　今の話はパーティから抜けるってことですか……？」

そこで突然、割り込むような声が入ってきた。

セグリットだ。

彼はシンディとクリオラを連れて、俺たちの前に立つ。

「……セグリット、私は貴様をまだ許したわけじゃないが」

「それについては誠心誠意謝罪をしたじゃないですか……！　それよりも、あなたがそこの男のパーティへと参加してしまえば僕らはどうなるんです!?　我々は四人でSランクパーティだったのに！」


――この男、まるで反省などしていないように見える。


四人、つまり自分とシンディとクリオラ、そしてユキのことだろう。

俺の方を一瞥（いちべつ）もしないことから、俺はもう眼中にすら入っていないらしい。

「貴様に引き留める権利などない。パーティ内で私が管理していた物ならくれてやる。武器でも資金でもいくらでも持っていくがいい。だが、代わりに私は抜けさせてもらうぞ。貴様らの顔などもう見たくもない」

「なっ……！　そんな勝手な」

誰が言うかよ、それ。

心の中で思ったはずだったが、どうやら口に出してしまったらしい。

怒りの形相を浮かべ、セグリットは俺を睨む。

おかしい、怒りをぶつけていいのは本来俺であるはずじゃないだろうか。

「っ……後悔しても遅いですからね。僕はあなたでも手が届かないような最強の冒険者になる。そのときに泣いて懇願しても、もう仲間には加えません」

「勝手にしろ。そんなことはあり得ないからな」

「くっ……！　行くぞ！」

セグリットは苦虫を噛み潰したような表情を浮かべた後、俺たちに背を向ける。

「ディオン……！　何やら卑怯な真似でブラックナイトを倒したようだが、調子に乗るなよ。僕に恥をかかせたことを後悔させてやる。覚えておけ！」

そう言い残し、彼は不安げな様子のシンディを連れて俺たちの前から去っていく。

もうすでに、俺から奴に対しての怒りは薄れていた。

代わりに生まれた感情は、哀れみ。

「普通に嫌だな、覚えとくなんて――――ん？」

ぼそりとつぶやくと同時に、俺はクリオラがセグリットについていかずこの場に残っていることに気づいた。

彼女はじっと俺を見ると、ゆっくりと頭を下げる。

「この度は、あなたに命を救っていただいたと認識しています。これまでの行いを謝罪させてください」

「……もういいって。俺も、あんたらも、もう関わらないで生きていく。それが一番だろ？」

「そう、ですね。それで済めばいいのですが」

何やら意味深なつぶやきを残し、彼女は再び頭を下げる。

そのまま踵を返したと思えば、セグリットたちの背を追って去っていった。

「結局、あいつディオンに謝らなかった。とても腹立たしい。最後の女はまだ少しマシだけど」

「セグリットは俺に頭を下げるなんて死んでも嫌なんだろう。まあ、死んでもあの傲慢すぎる態度はなくならない気がするけど」

やつはああいう人間だ。少なくとも死ぬまでそれが変わることはないだろう。

何度も言うようだが、できることならもう会いたくない。

ともあれ、これで騒がしいのがいなくなった。

問題はふりだしへと戻ってくる。

「それで……ユキが俺たちのパーティに入りたいってのは本当なのか？」

「もちろんだ。ディオンのいる場所に私はいる」

「まあ、ユキのことは人並み以上に知っているつもりだし、俺としては嬉しいけど」

そこで、今一度俺はエルドラへと視線を向ける。

頬が少し膨らんでいて、どことなく不満そうだ。

「……今の俺のパーティは、エルドラがいてこそだ。だから俺の意見だけじゃなく、彼女の意見も尊重したい。……エルドラ、どうだ？」

俺の問いかけに、エルドラはまず沈黙で返した。

ほんの数秒、体感ではもう少し長い時間を経て、彼女はようやく口を開く。

「――私たちは、二人で十分。だからもう一人なんていらない。でも……大切な人と引き離される苦しさは、何となく分かる。ディオンの大切な人に、そんな酷いことはしたくない。だから、いいよ」

エルドラのその言葉に、ユキは驚いた様子で目を見開いていた。

そんな表情を見たエルドラは、再び頬を膨らませる。

「何か不満なの？」

「いや、すまない……私は貴様のことを見誤っていたようだ」

ユキは俺の腕を離す。

そして一歩前に躍り出ると、俺たちに向けて頭を下げた。

「ユキ・スノードロップだ。寛大な心に感謝する。どうか仲間に入れてくれ」

「……私はエルドラ。歓迎はしない。これからはライバルだから」

「ああ、それでいい。貴様に感謝こそすれ、対抗心まで失ったつもりはない」

「む、生意気」

姿勢を戻したユキとエルドラの視線が、なぜか火花を散らしている錯覚を覚えた。

もちろん、実際にそんなことが起きているわけではない。

気のせいだろうか？

「……ま、いいか。ともかくユキ、これからもよろしくな」

「こちらこそだ。このパーティの飛躍に大きく貢献することを約束する」

表情を柔らかくしたユキを見て、俺もほっと胸を撫で下ろす。

ユキの強さなら、誰よりも俺自身が知っている。

エルドラに加えユキまでパーティメンバーに加わるだなんて、これ以上の贅沢など存在しない気がした。

「俺たちの目標は、Sランクダンジョンの完全攻略だ。何で明確にこの目標を立てているかは、また改めて話すよ。今日はひとまず親睦を深める会ということで……」

「すまない、その前に荷物を取ってきてもいいだろうか？　セグリットたちにほとんどくれてやるとは言ったが、必要な物もあるからな」

「ああ、分かったよ。それなら俺たちの宿の場所を――」

そうして俺が教えようと思ったとき、突然ユキの眉がぴくりと上がった。

「まさかとは思うが、お前たちは同じ部屋で寝泊まりしているのか？」

「あ、ああ……まあ」

何だかまずいことを言った気がする。

どう弁解したものかと考えていると、俺の腕を離したエルドラが強引に割り込んできた。

「うん。一緒の部屋。そして一緒に寝てる」

「何だと!?　ディオン！」

この流れがよくないことくらいは俺にも分かる。

ただここで誤魔化すのも不誠実なような――。

「……確かに一緒の部屋ではある。金もあんまりなかったから、節約の意味も込めてな。だけどもちろんベッドは二つだ。それぞれで寝てるよ」

「そうか……そうか」

ユキは顎に手を当ててしばらく考える様子を見せた後、突然照れた様子で顔を上げた。

「な、ならば！　今日からは私もその部屋で寝泊まりしよう！　ベッドが二つでも大丈夫だ、私はディオンと共に寝る」

「それは今までで一番聞き捨てならない。それなら私のベッドを譲ってあげる。だから代わりに私がディオンのベッドで寝る」

「パーティに参加したのは私の方が後だ。我慢するならば私の方だろう。なあに、ディオンとは昔そういう風に寝た経験もある。貴様は大きなベッドで一人で寝るがいい」

「む、我慢の話だったら同感。だけどそれなら今回は私の意見が優先されるべき。それに前にやったことがあるならこれからは譲るべき」

「何だと？」

ああ、今度ははっきりと火花が見える。

通行人が悲鳴を上げそうなほどの威圧感のぶつかり合いだ。

好かれている――と思っていいのだろうか。

だとすれば俺はきっと喜ぶべきなのだろう。

しかし申し訳ない。今はそんな気分になれそうもない。

今俺がすべきことは、一刻も早くこの二人の争いを止めることだ。

「宿ならもっと広い部屋を借り直すから！　ここで揉めるな！」

この二人が俺の言うことを素直に聞いてくれたかどうかは、またいずれ語るとしよう。

こうして俺たちは、はぐれ者から三人のパーティとなった。

まさに理想の形で終わったと言っていいだろう。


――後から知ることにはなるが、同じく三人になってしまったセグリットのパーティは、ダンジョンへの無謀な挑戦を繰り返しては失敗し評判を落としていった。

それが今後どんな波乱を呼ぶことになるか、もちろん今の俺には想像すらできない。

「ほら、行こう。ディオン」

「行くぞ、ディオン」

二人の頼もしい仲間が、俺を呼んでくれる。

それが妙に嬉しくて、心の底から笑みがこぼれた。

「――ああ、今行く」

城の迷宮――――もとい、白の迷宮の最深部。
崩れ去ったダンジョンボスである巨大な魔獣の上に、その女は座っていた。
「ふむ、これで一つ目。中々手間がかかったのう」

彼女、神竜アビスの手には、白銀の剣が握られていた。

それはまるでディオンの持つ神剣シュヴァルツの対として作られたような、そんな印象を受ける。

「……そうか、我とはやはり契約を結んではくれぬか」

アビスは嘲笑するかのように言い放つと、亡骸の上から下りる。

そして白い剣を自身で生み出した黒い霧の中にしまい込んだ。

「まあよい。貴様の力は我には不要だ。……のう？　神剣ヴァイスよ」

足音すら立てず、アビスはボスのフロアを後にする。

ディオンとエルドラ、そして新たな仲間、ユキ。

彼らとアビスの因縁は、まだ始まったばかりである。

あとがき

初めましての方は初めましてお久しぶりの方はお久しぶりです。岸本和葉と申します。

この度は私の書いた本を手に取っていただきありがとうございます。

最初にあとがきから読まれる方にはなんのこっちゃ分からないかもしれませんが、ディオンとエルドラの物語はいかがだったでしょうか？

私としては好みを詰め込んだエルドラというキャラを好きになっていただけたらそれだけで嬉しいのですが、作品自体を気に入っていただけたのならそれが一番幸せです。

先に言っておくと、これはまだ二人の物語としては序章となります。

ここにユキが加わり、この先もまだまだ仲間が増えるかもしれません。

それと同時に大きな敵も現れ、主人公であるディオンの成り上がりに程よい壁として活躍してくれることでしょう。（多分）

まあそれは置いといて。

先ほどエルドラは作者の好みが詰まったキャラと書きましたが、それをさらに理想の形に仕上げてくださったのが、今回イラストを担当してくださったシソ先生です。

エルドラだけではなく、ディオンやユキ、周りのキャラたちのことも理想以上の形に仕上げてくださりました。

正直キャラデザを提出する段階でだいぶ我儘を言ったような気もするのですが、どれも無視することなく取り入れていただいたことに感謝しかありません。

あれだけの要望を綺麗にまとめてもらえたことに、ただただ脱帽しております。

本当にありがとうございました。

そしてＷｅｂ上で連載している際に声をかけてくださったＢＫブックスの担当様、面白い作品が数多く並ぶ中、この作品に声をかけていただき本当にありがとうございます。

私からできる恩返しとしては、可能な限りこの作品を面白くすることしかないと思っています。

そしてそれはこの作品を買っていただいた皆様への恩返しでもあると思っています。

改めまして、この作品をここまで読んでくださり本当にありがとうございます。

これからも精進していきますのでどうかお付き合いいただけると幸いです。

また続きを出せることを願って……。

BKブックス

竜と歩む成り上がり冒険者道

～用済みとしてSランクパーティから追放された回復魔術師、捨てられた先で最強の神竜を復活させてしまう～

2021年1月10日　初版第一刷発行

著　者　岸本和葉（きしもとかずは）

イラストレーター　シソ

発行人　今 晴美

発行所　株式会社ぶんか社
〒102-8405　東京都千代田区一番町29-6
TEL 03-3222-5125（編集部）
TEL 03-3222-5115（出版営業部）
www.bunkasha.co.jp

装　丁　AFTERGLOW

編　集　株式会社 パルプライド

印刷所　大日本印刷株式会社

ISBN978-4-8211-4578-2

Printed in Japan